Wirtschaft ohne Moral

Roman über Unternehmertugend,
Gier und Wirtschaftskriminalität
in einer turbokapitalistischen Welt

von

Ekkehard Meyer

Wirtschaft ohne Moral, Inhaltsverzeichnis

Vorwort des Autors

Buchrückentext, Kurzfassung

Der Autor

Geleitwort

Kapitel 1. Ein mittelständisches Unternehmen

Kapitel 2. Eine Produktidee entsteht

Kapitel 3. Die Eroberung

Kapitel 4. Firmenübernahme

Kapitel 5. Die Drilltec GmbH entsteht

Kapitel 6. Liebe ermöglicht Wandel

Kapitel 7. Der gigantische Betrug

Kapitel 8. Eine glückliche Familie

Kapitel 9. Das Konsortium tagt

Kapitel 10. Erpresstes Gutachten

Kapitel 11. Der Patriarch tritt ab

Kapitel 12. Verlockungen des Nugget-Fonds

Kapitel 13. Hacker machen Kasse

Kapitel 14. Waffenhandel

Kapitel 15. Währungsspekulation

Kapitel 16. Die Nachfolge

Vorwort des Autors

Immer neue Skandale und Krisen in der Wirtschaft, im Bankensektor, im Profisport oder bei öffentlichen Bauvorhaben verärgern uns. Es drängt sich die Frage auf, lässt sich unsere *Wirtschaft ohne Moral führen?* Dieses Buch handelt von Menschen, die Verantwortung tragen und sich unmoralisch oder kriminell verhalten. Es beschreibt fassettenreich die Handlungsweise und die Schicksale von Personen, die nicht als Schurken geboren wurden, aber mit ihrer *Gier und Gewinnsucht anderen Schaden zufügen* und trotz des vielen Geldes kein Glück finden können.

In schillernd beschriebenen Episoden werden verschiedene Formen von Wirtschaftskriminalität aufgezeigt. Einige der Ereignisse haben sich in Deutschland in ähnlicher Form zugetragen. Es kommt dem Autor nicht darauf an diese Ereignisse zu dokumentieren, sondern sie dienen lediglich als Hintergrund für die Handlungsweise *seiner frei erfundenen Personen.*

Der Fabrikant Wilhelm hat ein Gespür für Produkte mit Marktchancen und führt erfolgreich ein mittelständisches Unternehmen bis er durch seinen korrupten Prokuristen in eine Krise gestürzt wird. Sein Sohn Boris, der das Unternehmen übernimmt, fühlt sich vom Vater nicht anerkannt und ist besessen darauf ihn zu überflügeln. Kann ihm das mit einem Streben nach kurzfristigen Gewinnen gelingen? Die konsumbesessene Tochter Silke heiratet diesen korrupten Prokuristen Günter und stellt ihre Familie auf eine harte Probe.

Kann der Zwang zu einem beruflichen Neuanfang bei einem gescheiterten Manager den Einsatz von unredlichen Methoden rechtfertigen, und kann Gier die Antriebskraft für Erfolge sein? Wer ist der Verlierer bei den Transaktionen des erfolgreichen Finanzmaklers Joachim, der für einen Fonds Firmen aufkauft, sie umorganisiert oder abwickelt und mit Devisen spekuliert?

Durch die Liebe zu dem einfach lebenden Hugo gelingt Silke die Wandelung von einer skrupellosen und konsumbesessenen Kokotte zu einer bescheiden und glücklichen Mutter. Ihr Beispiel weckt Hoffnungen, dass es möglich ist die Morallosigkeit zu überwinden und dem glückshemmenden Wachstumsdiktat, immer mehr, immer schneller, immer höher, zu entkommen.

Buchrückentext, Kurzfassung

Wenn ein Mensch tagelang durch die Wüste irrt und endlich eine Wasserquelle findet aus der er gierig trinkt, haben wir Verständnis für seine Gier. Verfügt ein Mitmensch über ein stattliches Vermögen und versucht es gierig mit unredlichen Methoden zu vervielfachen, fehlt uns jedes Verständnis, und wir verachten ihn.

Dies Buch zeigt Menschen auf, die Verantwortung tragen und sich unmoralisch oder kriminell verhalten. Es beschreibt fassettenreich die Schicksale von Personen, die nicht als Schurken geboren wurden, aber *mit ihrer Gier und Gewinnsucht anderen Schaden zufügen* und trotz des vielen Geldes kein Glück finden können. Silke mutiert von einer skrupellosen, konsumbesessenen Kokotte zu einer einfach lebenden, glücklichen Mutter. Ihr Beispiel weckt Hoffnungen, dass eine Abkehr von der Morallosigkeit und vom glückshemmenden Wachstumsdiktat möglich ist.

Der Autor

Ekkehard Meyer wuchs in einer fünfköpfigen Familie im Nachkriegsberlin auf. Als Schüler begeisterte er sich für den Zusammenschluss Europas und hatte die Gelegenheit in Gastfamilien in Frankreich und England zu leben. Er gründete zusammen mit Freunden die ERG, eine Arbeitsgemeinschaft, die eine Vereinigung Europas unterstützte, und für die er Manifeste und Liedertexte verfasste. Der Autor studierte Wirtschaftswissenschaften und Maschinenbau und erlebte intensiv die 1968er Protestbewegung der Studenten.

Die berufliche Tätigkeit führte ihn in mehrere Städte des süddeutschen Raums, er gestaltete für mittelständische Unternehmen und für Industriebetriebe die ausländischen Vertriebswege und konnte die Machenschaften der am Markt wirkenden Kräfte beobachten.

Als der Broterwerb nicht mehr im Mittelpunkt stand, widmete sich der Autor zunächst der Musik und später der Literatur. Er ist Mitglied der Literarischen Gesellschaft Karlsruhe. Einige seiner Kommentare und Bücher wurden veröffentlicht.

Ekkehard Meyer ist Vater von zwei erwachsenen Söhnen. Ihm wurden bisher vier muntere Enkelkinder beschert.

Jan.2017

Geleitwort

Eure Kinder gehören nicht euch,
sie sind Söhne und Töchter der Sehnsucht des Lebens nach sich selbst.

Sie kommen durch euch und wenn sie auch bei euch sind, gehören sie euch nicht.

Versucht sie nicht euch anzugleichen, das Leben geht nicht rückwärts.

Ihr seid die Bogen von denen eure Kinder als lebendige Pfeile abgeschossen werden.

Khalil Gibran (1883 bis 1931) „Der Prophet"

Kapitel 1

Ein mittelständisches Unternehmen

Ein neuer Frühlingstag erwachte und die Sonne verkündete einen strahlenden Tag. Dr. Wilhelm Schlegel, Eigentümer der Schlegel-Hydraulik GmbH, saß gut gelaunt in seinem Büro und bereitete sich auf das Geburtstagsfest vor, das am Nachmittag gefeiert werden sollte. Seine Sekretärin hatte einen großen Blumenstrauß auf seinen Schreibtisch gestellt und servierte ihm frischen Kaffee, den er um diese Zeit zu trinken pflegte. Sie nestelte verlegen an den Blumen herum, ordnete lieblos einige Schriftstücke und machte auf ihn einen bedrückten Eindruck. Er erkundigte sich in seiner väterlichen Art:

„Na, Schillerchen ist Ihnen heute eine Laus über die Leber gelaufen?"

„Ich möchte keinen Kollegen anschwärzen, aber ich fühle mich verpflichtet Ihnen meine Beobachtung mitzuteilen."

„Nur zu, Sie haben mich nie mit Geschwätz belästigt."

Frau Schiller setzte sich ihrem Chef gegenüber an den Schreibtisch, faltete die Hände im Schoß, blickte ihn an und begann zaghaft zu berichten: „Schon seit Tagen sehe ich Herrn Hintze auffallend oft selbst am Kopierer stehen, obwohl er eine Sekretärin hat, die für seine Kopien zuständig ist. Heute habe ich, vorbei an dem herabgelassenen Rollo, beobachtet, dass er die Konstruktionszeichnung des neuen V17-Ventils auf seinem Schreibtisch ausgebreitet hatte und mit einer Kleinbildkamera fotografierte. Das V17 findet beim Bau von Handels- und Kriegsschiffen Verwendung und fällt gar nicht in seinen Aufgabenbereich, da stimmt etwas nicht!"

Wilhelm strich mit der flachen Hand über sein Kinn und dachte einen Moment nach: „Ich teile Ihre Bedenken, hier stimmt etwas nicht, und ich danke Ihnen für diese vertrauliche Mitteilung."

Er drückte zwei Tasten an seiner Fernsprechanlage und nach kurzer Zeit klopfte es an der Bürotür und die Herren: Schneider vom Betriebsrat, und Baselmann der Sicherheitsbeauftragte, traten ein und grüßten kurz.

„Bitte nehmen Sie Platz meine Herren. Es gibt den begründeten Verdacht, dass *in unserem Haus Industriespionage* durch Herrn Hintze betrieben wird", kam der Chef mit markanter Stimme sofort zur Sache, „ich bitte Sie zusammen mit Frau Schiller diesen Verdacht zu überprüfen. Sollte er sich bestätigen, führen Sie Herrn Hintze direkt in mein Büro."

Die Überprüfung des Schreibtisches von Herrn Hintze förderte eine Reihe von Stücklisten und Kopien zutage, mit dem Vermerk: Streng vertraulich, die nicht im Zusammenhang mit seiner Tätigkeit standen und in einer Mappe gesammelt waren. Die Kleinbildkamera wurde in seinem Jackett gefunden. Der Beschuldigte wurde in das Chefbüro geführt und nahm in zusammengekauerter Haltung am Besprechungstisch Platz. Wilhelm betrachtete ihn mit Verachtung und ließ ihn eine Weile warten, dann fragte er mit donnernder Stimme: „Bei Ihnen wurden vertrauliche Unterlagen gefunden und Sie fotografieren Konstruktionszeichnungen, was können Sie mir dazu zu sagen?"

„Ich hätte das nicht tun dürfen", kam die kleinlaute Antwort.

„Sie arbeiten seit acht Jahren in unserem Haus, wie lange betreiben Sie Industriespionage, und wer ist Ihr Auftraggeber?"

„Vor einigen Tagen wurde ich dazu gezwungen. Über dem Auftraggeber kann ich keine Angaben machen."

Wilhelm war enttäuscht und verärgert über seinen Mitarbeiter, den er selbst eingestellt hatte. Seine gute Laune war verpufft, wie ein Feuerwerk, von dem nur die Rauchschwaden übrigblieben. Er griff zu Telefon und meldete der Polizei den Vorfall. Nach kurzer Zeit gesellte sich der Kriminalkommissar Krüger zu dem Verhör. Dieser verfügte über eine subtilere Fragetechnik als der befangene Wilhelm. Sie basierte auf der Kombination von festgestellten Fakten, serviert mit einer Mischung aus Drohung und kumpelhafter Vertrautheit. In kleinen Schritten fand Herr Krüger heraus: Ein Mitarbeiter der Imex hatte Herrn Hintze zu Partys eingeladen und ins Spielkasino gelockt. Dort hatte der Verführte zunächst Geld gewonnen und fühlte sich erfolgreich, wie ein Sportler, der eine olympische Goldmedaille gewonnen hatte. Dann kam der Absturz, er hat sehr viel Geld verloren und musste eine hohe Hypothek auf sein Haus aufnehmen. Um die Raten zurückzahlen zu können, war er auf das Honorar der Imex zwingend angewiesen, die dafür eine Gegenleistung einforderte.

Der Kommissar versuchte möglichst viele Details über diese ominöse Firma Imex herauszufinden, daher rief er sein Büro an und bat um Mithilfe. Es wurde ermittelt, dass die unterschlagenen und kopierten Unterlagen an einen Boten auf dem Bahnhofsplatz übergeben wurden, der sich Jan nannte.

Das Arbeitsverhältnis des ungetreuen Mitarbeiters wurde fristlos gekündigt. Der Kommissar ließ ihn abführen, vorbei an den herbeigeeilten, neugierigen Kollegen, denen das ungeplante Verhör nicht verborgen geblieben war.

Die weiteren Untersuchungen, die Auswertung der Telefonverbindungen, und die Hausdurchsuchung bestätigten die Angaben von Herrn Hintze zum Ablauf bei der Übergabe, eine Spur führte in den Ostblock.

Die Wahrscheinlichkeit ist groß, dass durch diese Industriespionage in einigen Monaten eine Kopie des V17 in einem Billiglohnland produziert wird und auf dem Markt zu einem niedrigen Preis angeboten wird, weil keine Entwicklungskosten einkalkuliert werden müssen. Schmerzliche Umsatzeinbußen bei der Schlegel-Hydraulik GmbH würden die Folge sein.

Wilhelm kehrte in seine Villa zurück, jedoch sein Zorn klang erst ab, als er von seiner Ehefrau Erika getröstet und mit einem vorzüglichen Essen verwöhnt wurde. Hier, in dem vertrauten Ambiente, gelang es ihm seine geschäftlichen Probleme abzuschütteln, wie ein Hund, der nach einem Bad schüttelnd sein Fell von Wasser befreit. Auch wollte er sich seine Festtagslaune für die Geburtstagsfeier am Nachmittag nicht nehmen lassen und sein Fest zelebrieren.

Die Sonne stand schon schräg am Himmel an diesem lauen Maientag, und die Schatten der in Gruppen stehenden Gäste wurden länger. Die Vögel zwitscherten, als sei ihr Konzert ein Teil des Festprogramms, und die Luft war mit dem süßen Duft der blühenden Büsche angefüllt. Im Park vor der prächtigen Villa war ein großes Büfett aufgebaut, und blumengeschmückte Tische und Stühle wurden von drei Partyzelten beschattet. Kellner mit weißem Hemd und schwarzer Hose schenkten eifrig Champagner nach, und der Kies auf den Wegen knirschte bei jedem ihrer Schritte. Die Musikkapelle im Hintergrund spielte bekannte Melodien aus Musicals. Wilhelm zog seine goldene Uhr aus der Westentasche seines weißen Smokings, der mit einer roten Nelke im Knopfloch geschmückt war, strich zufrieden über seinen runden Bauch, nickte mit dem Kopf und lief auf die Bühne zu. Er überwand mit wohlgesetzten Schritten die vier Stufen, die ihm wie Karrierestufen erschienen und griff nach dem Mikrofon. Nachdem er es zwei Mal beklopft hatte, begann er gutgelaunt mit seiner Ansprache:

„Wie schön, dass sie alle herbeigeeilt sind und wir gemeinsam meinen fünfundfünfzigsten Geburtstag feiern können. Ich möchte bei so viel prominenten Namen unter meinen Gästen gar nicht erst damit beginnen jeden einzelnen vorzustellen, denn dabei besteht immer die Gefahr einen lieben Menschen zu übergehen, oder ihn ungeschickt in der Reihenfolge zu nennen. Die meisten kennen sich ohnehin, daher von dieser Stelle nur ein herzliches Willkommen an alle, die gekommen sind."

Er ließ seinen wohlwollenden Blick über die versammelten Gäste schweifen, die seinen Ausführungen mit

Aufmerksamkeit folgten, dann nahm er einen Schluck aus dem bereitstehenden Wasserglas und fuhr fort:
„Die Schlegel-Hydraulik GmbH kann auf ein erfolgreiches Geschäftsjahr 1970 zurückblicken und ich möchte allen danken, die an diesem schönen Erfolg mitgewirkt haben, der ohne den unermüdlichen Einsatz unserer Mitarbeiter nicht möglich gewesen wäre. Den ungetreuen Mitarbeiter Hintze erwähnte er nicht."
Dabei erhob er beide Hände, wie ein Messias, und forderte den Applaus der Zuhörer ein. „Wir konnten den Umsatz um fünfzehn Prozent steigern und beschäftigen jetzt dreihundertfünfzig Mitarbeiter. Auch im laufenden Jahr entwickelt sich der Auftragseingang bisher gut. Wir haben Grund zum Feiern."
Eine junge Frau mit blondem Haar und einem hellblauen, figurbetonten Kostüm, gesellte sich jetzt zu ihm, sie strahlte die Anwesenden an und wirkte wie ein zierlicher Schmetterling neben dem drohnenhaften Wilhelm. Sie überreichte dem Jubilar einen Glaskasten, der mit einer roten Schleife drapiert war und das hydraulische Ventil mit der Seriennummer: Eins, enthielt. Wilhelm war sichtbar überrascht und gerührt über dieses unerwartete Geschenk, das wohl der Prokurist Rossmann durch Zufall entdeckt und erworben hatte, und er

fuhr in seiner Rede fort: „Frau van Veen hier an meiner Seite kennt sich bei der Gestaltung von Festen hervorragend aus." Er legte seine Hand auf ihre Schulter und sah ihr dankbar in die Augen, „sie hat einige Überraschungen angekündigt. Die erste Überraschung ist gelungen, und ich danke für dieses Ventil, das ich im Firmengründungsjahr 1950 selbst angefertigt habe. Es ist ein überzeugender Beweis für die Langlebigkeit unserer Produkte. Für alle, die hungrig sind oder auch nur naschen wollen, weil sie auf ihre Linie achten müssen, steht unser Büfett jetzt zur Verfügung. Guten Appetit!"

Als er die Bühne zusammen mit Frau van Veen verließ, setzte die Musik wieder ein und aus dem Schwimmbecken schossen Fontänen, die im Takt der Musik auf und ab tanzten. Bei diesem Spektakel applaudierten die Gäste brav und bewegten sich in Richtung Büfett. Wilhelm genoss diesen Applaus, wie ein Clown seine gelungene Pointe. Er liebte technische Spielereien, insbesondere, wenn diese imagefördernd waren, und er wollte auch demonstrieren, dass die eignen Ventile für ungewöhnliche Einsätze tauglich sind. Sein suchender Blick erkannte unter den Gästen Erika und seine Tochter Silke zusammen mit dem jüngsten Sohn Volker, aber trotz intensiver Suche konnte er seinen ältesten Sohn Boris nicht entdecken. Das löste bei ihm einen leichten Groll aus trotz seiner gutgelaunten Grundstimmung. Der Gastgeber gesellte sich zu der Gruppe, die bei Herrn Rossmann versammelt war und versuchte heraus zu finden, wie es zu der Entdeckung des Urventils gekommen war.

Als er dann seinen Blick über den Park und die Villa schweifen ließ, seine Familie in der Nähe wusste, und die plaudernden Gäste beobachtete, lehnte er sich leicht zurück und war recht zufrieden mit seinem Lebenswerk. Wilhelm ließ sich von dem lauen Wind umschmeicheln, der durch den Park strich. Plötzlich kam Erika mit entschlossenem Schritt auf ihn zu, und ihr finsterer Blick verhieß nichts Gutes. Sie zog ihn aufgeregt zur Seite und flüsterte ihm keuchend ins Ohr: „*Boris hatte einen Unfall*, er hat das Auto des Nachbarn geklaut und ist damit gegen einen Baum geknallt. Er liegt jetzt im Krankenhaus." Bei dem letzten Wort kullerte ihr eine Träne über die Wange, und sie drückte sich instinktiv an ihren Ehemann, als könnte er das Schicksal herumreißen.

Wilhelms zufriedenes Lächeln erstarrte augenblicklich, er legte seinen Arm um ihre Hüfte und zog sie in Richtung Villa: „Ist er ernsthaft verletzt, ist er ansprechbar?"

„So genau weiß ich das nicht, er hat wohl einige Schnittverletzungen und ein Arm könnte gebrochen sein."

Wilhelm zog die Augenbrauen hoch und dachte einen Moment nach, während beide dem Haus zustrebten. Er schenkte sich einen Cognac ein und ließ sich in einen Sessel fallen: „Fritz soll dich ins Krankenhaus fahren, nimm Volker mit! Ich spreche mit unserem Nachbarn und der Polizei und halte hier die Stellung. Rufe mich sofort an, wenn etwas Ernstes vorliegt."

Der Chauffeur Fritz war unverheiratet und etwas jünger als Wilhelm. Sein Wesen war angenehm und erzeugte ein biederes Erscheinungsbild. Seine gute Allgemeinbildung und Menschenkenntnis gepaart mit seiner Diskretion bewirkten, dass er wie ein Freund des Hauses betrachtet wurde. Er diente langjährig, hielt sich meistens in diskretem Abstand zum Chef auf und war stets einsatzbereit. Auf ein Zeichen von Wilhelm hin fuhr Fritz den S-Klasse Mercedes vor. Erika packte schnell eine kleine Tasche für Boris zusammen, griff sich ihren jüngsten Sohn und gemeinsam fuhren sie in großer Eile ins Krankenhaus. Fritz trug die gepackte Tasche noch bis an das Krankenzimmer, dann zog er sich diskret zurück.

Der Stationsarzt Dr. Mertens blickte über seine Lesebrille und informierte noch auf dem Flur wohlwollend: „Da hat Ihr Sohn noch einmal Glück gehabt. Trotz des schweren Unfalls hat Boris nur einen glatt gebrochenen Arm und einige Prellungen im Schulterbereich, insgesamt macht er einen recht gefassten Eindruck. Die Polizei hat angeordnet, dass er das Krankenhaus nicht verlassen darf und sich zur Vernehmung bereithalten soll."

Erika atmete zwei Mal tief durch, schnäuzte sich die Nase, um etwas Zeit zu gewinnen, strich sich eine Haarsträhne aus dem Gesicht, dann antwortete sie: „Vielen Dank Herr Doktor Mertens, ihr Bericht beruhigt mich. Zur Vernehmung möchten wir lieber einen Anwalt hinzuziehen, der Junge ist in solchen Dingen unerfahren. Ich werde einen möglichen Termin mit der Polizei abstimmen", dann stürzte sie sich zusammen mit Volker in das Krankenzimmer.

Boris saß aufrecht im Bett, der Arm war geschient und lag in einer Schlinge auf der Bettdecke, im Gesicht waren Beulen und Flecke erkennbar, sein Blick war zur Zimmerdecke gerichtet. Er war siebzehn Jahre alt, von athletischem Körperbau, mit dunklem, langen Haar, braunen, lebhaften Augen und einem markanten, energisch wirkenden Kinn. Das gestohlene und zu Schrott gefahrene Auto beunruhigte ihn wenig, das wird der allmächtige Papi schon irgendwie regeln, aber sein eigenes, dummes Verhalten und sein Misserfolg ärgerten ihn.

Er hatte mit seinem Freund Ferdinand auf einem Autoübungsplatz einige Runden gedreht und hielt sich für einen begnadeten Autofahrer, auch ohne Führerschein. Mit einem Ausscheren des Wagens in einer Kurve und einem unaufhaltsamen Rutschen auf den Baum hatte er nicht gerechnet, und es ärgerte ihn, dass er die Situation so elementar falsch eingeschätzt hatte, sich selbst so hoffnungslos überschätzt hatte und sich hatte erwischen lassen. Seine verheulte Mutter war jetzt am Bett zwar willkommen, aber sie war auch ein wenig nervig mit ihren anklagenden und mitleidigen Blicken, daher begann er ungefragt zu erzählen: „Diese Geburtstagsshow, diese Lobeshymnen und die Selbstbeweihräucherung gehen mir tierisch auf den Sack, ich musste da weg. Meine Freundin Sylvia wollte unbedingt per Auto in die Disco und versprach mir den Himmel auf Erden, wenn ich das organisieren könnte. Da habe ich ihr erzählt, dass ich ein eigenes Auto habe. Ich habe schon vor einiger Zeit beobachtet, dass unser Nachbar jeden Freitag seinen Autoschlüssel in den Briefkasten legt, damit seine Tochter den Wagen am Samstag früh benutzen kann, ohne ihn zu wecken. Ich wollte Sylvia imponieren, und es war für mich auch eine Mutprobe. Ich habe einen Draht präpariert, um mir den Schlüssel zu angeln und wollte so schnell wie möglich, Sylvia in die Disco fahren und dann das Auto wieder zurückbringen.

Wie du ja erfahren hast, hat mich ein Baum daran gehindert", fügte er mit verächtlichem Grinsen hinzu.

„Am Baum ist kein Schaden entstanden, das Auto war kaum noch zu erkennen, als ich da herausgekrabbelt bin. Es ging alles so wahnsinnig schnell, und ich konnte gar nichts dagegen machen, der Baum kam immer näher. Meine arme Sylvia muss nun vergeblich auf mich warten."

Erika streichelte mechanisch seinen unverletzten Arm, sah ihm besorgt ins Gesicht und fragte: „Hast Du denn Schmerzen, können wir irgendetwas für Dich tun, wie lange musst Du noch im Krankenhaus bleiben? Ich habe Dir Deinen Schlafanzug, Deine Kulturtasche, ein Paar Zeitschriften und Schokolade mitgebracht."

„Danke, das ist sehr lieb von Dir, ich brauche nichts weiter. Wie hat denn Vater auf die Nachricht reagiert?", fragte Boris zaghaft nach, dabei griff er nach der Hand seines Bruders. Es klopfte kurz, dann wurde die Tür heftig aufgestoßen, und mit wehendem Mantel stürmte der Anwalt Dr. Gruber ins Zimmer. Er vertrat seit Jahren die Interessen der Schlegel-Hydraulik GmbH und war auch ein Freund der Familie. Der Anwalt war Anfang fünfzig, ergraut und etwas korpulent. Eine markante, dunkelrandige Brille verlieh seinem blassen Gesicht etwas Schulmeisterliches:

„Entschuldige Erika, wenn ich so abrupt in Euer Gespräch hineinplatze, aber wir sollten uns unbedingt vor der Vernehmung durch die Polizei abstimmen. Mein lieber Boris, da bist Du ja in eine sehr unangenehme Situation geschlittert. Fahren ohne Führerschein wird schon streng bestraft, wenn das Fahrzeug auch noch entwendet wurde, verschärft sich die Lage erheblich, neben der Strafe könnte Dir auch die Reife zum Abitur aberkannt werden. Erzähle nun einmal ganz genau den Hergang aus Deiner Sicht."

Boris zögerte einen Augenblick, dann erzählte er die Geschichte wie er sie vorher schon seiner Mutter erzählt hatte, dabei ließ er die Hand seines Bruders wieder los und blickte verlegen auf den Boden. Der Anwalt hörte alles geduldig an, dachte einen Moment nach, dann stellte er vorsichtig seine Fragen, dabei nickte er nach jedem seiner Sätze bekräftigend mit dem Kopf, das wirkte wie der Zuschlag bei einer Versteigerung: „Die gute Sylvia wollen wir aus dem Spiel lassen, Protzen und Mutproben kommen bei Richtern nicht gut an. Du hattest also nach der Fahrt auf dem Übungsplatz große Lust aufs Autofahren bekommen, könnte das nicht eine Art Sucht gewesen sein? Du konntest an nichts Anderes mehr denken. Wurdest Du nicht durch das fahrlässige Zeigen des Schlüsselverstecks durch den Nachbarn überhaupt erst auf den

Gedanken zu einer Spritztour gebracht? Hat Dir der Nachbar nicht durch seine schlüssige Handlung gezeigt, dass er mit der fremden Benutzung seines Autos einverstanden ist? Hast Du die späte Stunde nicht deshalb gewählt, weil Du sofort und unbemerkt das Auto an genau derselben Stelle wieder abstellen wolltest? Ist es nicht deshalb zu der Kollision mit dem Baum gekommen, weil Dich niemand darüber aufgeklärt hat, dass der Wagen des Nachbarn viel stärker motorisiert war als das Auto auf dem Übungsplatz?"

Boris schüttelte langsam den Kopf und wollte etwas sagen, dann nickte er und bekannte kleinlaut: „Das Märchen vom eigenen Auto habe ich Sylvia erst erzählt, nachdem ich wusste, dass mir ein Autoschlüssel zugänglich war, aber einverstanden war der Nachbar sicherlich nicht mit meiner Fahrt. Das Nachbarauto hat tatsächlich eine viel geilere Beschleunigung als mein Übungsauto."

Der Anwalt holte mit gewichtiger Miene seinen Block hervor und machte sich einige Notizen, als sei dies die Wahrheit, die nun in Stein gemeißelt wurde, dann fasste er zusammen: "Du bist ein Opfer unglücklicher Umstände geworden. Du hattest den unwiderstehlichen Wunsch nach einer Autofahrt. Durch das fahrlässige Verhalten des Nachbarn wurdest Du zu deiner Tat verführt. Du wolltest nach einer kurzen Spritztour das Auto unbemerkt wieder an der gleichen Stelle abstellen und konntest nicht ahnen, welche Bärenkräfte in diesem Auto steckten. Ist das so gewesen?", der Anwalt nickte erneut bekräftigend.

„Man kann das auch so sehen", murmelte Boris zustimmend.

„Also, bei der Vernehmung, kein Verdruss über die Geburtstagsfeier, kein Protzen vor Sylvia, keine Mutprobe, nur die Opferversion, kurz und ohne jede Ausschmückung, ist das klar?" Noch während der Täter zaghaft nickte, entfernte sich der Anwalt wieder, genauso schnell, wie er gekommen war.

Nachdem Erika ihn telefonisch über die Gespräche im Krankenhaus informiert hatte, verließ Wilhelm, ohne Aufsehen zu erregen, seine Geburtstagsfeier, um seinen Nachbarn Herrn Schmidt aufzusuchen. Er kannte ihn kaum, nur einmal hatte er ein unangenehmes Gespräch mit ihm, als sich der Nachbar über den Lärm der Kinder am Schwimmbecken beschwerte, daher hielt sich Wilhelms Freude, ihn wiederzusehen, in engen Grenzen. Schon beim Öffnen der Tür überschüttete dieser jähzornige Mensch ihn mit wilden und lautstark vorgetragenen Vorwürfen, so als sei Wilhelm der Täter und einzig und alleine für den unerwarteten Verlust seines, Ach, so geliebten Autos verantwortlich. Der Beschuldigte wollte sein Gespräch nicht an der Haustüre führen und schlug vor, ins Haus zu gehen. Während er Platz nahm, verstärkten sich die Vorwürfe des Nachbarn noch:

„Nur so verwöhnte und überhebliche Kinder, wie Ihre, sind fähig solche Schandtaten auszuführen und andere damit in Gefahr zu bringen, weil sich die Eltern nicht um ihre Kinder kümmern. Nur wem schon die kriminelle Energie im Blut steckt, ist zu einem so feigen Diebstahl fähig. Nur wem der Konsum vorne und hinten reingeschoben wird, kann sich über alle Regeln des Anstandes so arrogant hinwegsetzen!"

Als erfahrener Geschäftsmann verstand es Wilhelm mit erbosten Gesprächspartnern umzugehen. Er ließ seinen Nachbarn allen aufgestauten Zorn abladen und hörte sich geduldig die unverschämtesten Anschuldigungen an. Als der Redefluss langsamer wurde, und die Vorwürfe sich wiederholten, legte der fürsorgliche Vater seinen Finger genau in die Wunde und fragte mit besonderer Betonung:

„Herr Schmidt, glauben Sie, dass *der Briefkasten* ein guter Ort zum Aufbewahren von Autoschlüsseln ist, sind Sie nicht verpflichtet Ihr Auto vor dem unberechtigten Zugriff anderer zu sichern, um Verletzungen, auch bei den Verführten, zu vermeiden?"

Sein Kontrahent fühlte sich ertappt, denn er wusste sehr wohl, dass ihm wegen des Schlüssels der Vorwurf eines Mitverschuldens gemacht werden konnte. Um das zu übertönen, verkündete er umso lauter: „Jetzt wird es ja noch bunter, wollen Sie behaupten ich sei Schuld an dem Unfall Ihres lausigen Sohnes?"

„Das Verhalten meines Sohnes ist empörend und ich entschuldige mich in aller Form für das Unrecht, das Ihnen widerfahren ist. Nur wird die Polizei Ihnen auch diese Frage stellen, und ich wollte Sie darauf vorbereiten. Lassen Sie uns doch gemeinsam an einer Lösung arbeiten, um diesen dummen Jugendstreich aus der Welt zu schaffen."

Nach diesem Friedensangebot verloren die Worte von Herrn Schmidt an Lautstärke und seine Wortwahl wurde moderater. Er dachte einen Moment nach und sagte: „Ja, ja, die lieben Kinder, meine Tochter hat sich auch dumme Jugendstreiche geleistet! Wie stellen Sie sich denn so eine Lösung vor? Ich hänge an meinem Auto, die Alufelgen hat mir meine Tochter zum fünfzigsten Geburtstag geschenkt, und ich bin mit diesem Wagen bis in die Türkei gefahren. Herrichten kann man ihn nicht mehr."

Wilhelm sah ihn wohlwollend an, nickte zustimmend mit dem Kopf und fügte hinzu: „Irgendwann muss man sich von jedem

Auto verabschieden, auch wenn das schmerzlich ist. Wie alt ist denn Ihr BMW, und wie viele Kilometer hat er schon auf dem Buckel?"

„Den BMW habe ich vor fünf Jahren gebraucht gekauft, und auf dem Tacho stehen jetzt hundertzwanzigtausend Kilometer."

„Ich mache Ihnen einen Vorschlag. In unserem Fuhrpark haben wir das neue BMW Model in blau-metallic, mit Alufelgen und Lederausstattung, der Wagen ist erst drei Jahre alt, nur von unserem Prokuristen gefahren, und er hat nur achtzigtausend Kilometer, den könnten Sie in der nächsten Woche übernehmen."

Als der Nachbar zögerte, verbesserte Wilhelm sein Angebot, verknüpfte es aber mit einer Zusatzforderung: „Sie sollen ja keinen Nachteil aus unserem Handel haben. Ich zahle Ihnen zusätzlich die Gebühren für ein Mietauto für zwei Wochen, und Sie nehmen Ihre Anzeige zurück und geben zu Protokoll, dass der Schaden inzwischen geregelt wurde."

Dies Angebot nahm Herr Schmidt freudig an, und sein Zorn war verflogen, wie eine Regenwolke im Frühlingswind. Man verabschiedete sich mit einem Handschlag und einem entspannten Lächeln. Dieser Handel trug dazu bei die nachbarschaftlichen Beziehungen zu verbessern, die vorher eher trübe waren. So liegt auch im Unglück die Chance zum Glück.

Nach zwei Tagen konnte Boris das Krankenhaus verlassen. Ihm selbst kam die Idee nicht, aber auf Drängen seiner Eltern entschuldigte er sich bei Herrn Schmidt. Später war auch der Richter dem jugendlichen Täter mild gesonnen, der schon durch seine Verletzungen vom Schicksal abgestraft war. Da der materielle Schaden inzwischen geregelt war, stellte er das Verfahren ein, gegen Zahlung einer saftigen Geldbuße und Ableistung von fünfzig Stunden in einer sozialen Einrichtung.

Kapitel 2
Eine Produktidee

Anders als sein Sohn, hatte Wilhelm eine Abneigung gegen das Fahrzeuglenken, daher hat er nie einen Führerschein erworben. Er zog es vor, im Wagenfond die Zeitung oder seine Akten zu studieren und sich vom Chauffeur fahren zu lassen. Fritz chauffierte auch im Urlaub die Familie Schlegel in diesem Jahr wieder nach Malcesine an den Gardasee. Sie logierten in der Suite eines villenartigen, an einem Hang gelegenen Hotels, das einen fantastischen Panoramablick über den See bot und für seine gute Küche berühmt war. Die beiden älteren Kinder Boris und Silke hatten eigene Urlaubspläne, nur Volker wollte den Urlaub noch zusammen mit seinen Eltern verbringen. Ganz im Gegensatz zu seinem Bruder, war Volker ein sensibles und schwächliches Kind, kleinwüchsig und hager, von blasser Hautfarbe, mit scheu in die Welt blickenden Augen und von zurückhaltender Lebensart. Erika schenkte ihm daher besondere Aufmerksamkeit und Zuwendung, ja, sie verwöhnte den Jungen und überschüttete ihn mit ihrer Fürsorge. Er musste immer eine Schirmmütze und Jacke tragen, egal ob Sonne schien oder Regen fiel, und er ging stets an der Hand seiner Mutter und wirkte etwas unselbständig und weltfremd. Volker war musikalisch und begann schon mit fünf Jahren Klarinette zu spielen, wie sein Großvater, der auch sein Lehrmeister war. Beim Musizieren zeigte er Entschlossenheit und entlockte dem Instrument, trotz seiner zarten Lungen, kräftige Töne.

Wilhelm liebte das vertraute, romantische Ambiente und die lauen Nächte am Gardasee, das Zirpen der Grillen, italienische Unbeschwertheit sowie die italienische Küche und die kräftigen, trocknen Weine. Erika traf dort ihre italienische Freundin und verbesserte von Jahr zu Jahr ihre Italienischkenntnisse. Auch schätzte sie die Boutiquen in der Altstadt und kaufte hier einen erheblichen Teil ihrer Garderobe ein. Ihr Ehemann und Fritz sollten bei der Anprobe jeweils ein Urteil zu den von ihr in Betracht gezogenen und vorgeführten Kleidern abgeben, das nahm einige Zeit in Anspruch und forderte den Herren Geduld ab. Um die Stimmung zu heben, bot der Padrone den Herren ein Gläschen Prosecco an. Kam es zu einer zwar zustimmenden, aber nicht eindeutigen Bewertung, wurden alle drei Kleider gekauft. Erika hüpfte dann wie ein Kind die Gasse entlang und schwenkte übermütig die Tüte mit ihren neu erworbenen Schätzen. Es war Tradition, dass Volker am Abend, dem Wunsch der alteingesessenen Hotelgäste folgend, ein Klarinettenkonzert gab, Erika begleitete seine Melodie auf dem Hotelklavier. Wilhelm bestellte sein geliebtes Carpaccio und einen gut abgelagerten Barolo Rotwein und war stolz auf diesen Teil seiner Familie.

Einmal in der Woche war Markttag in Malcesine an der Strandpromenade. Es wurden Textilien, Schuhe, Lederjacken, Töpfe, Kinderspielsachen, Lebensmittel und weitere Artikel angeboten, die auch in den Geschäften erwerben werden konnten, nur wurden sie auf dem für Touristen zugeschnittenen Wochenmarkt mit dem Flair des Preiswerten, oft teurer angeboten. Erika war bestrebt ihrem biederwirkenden Mann ein mehr jugendliches Aussehen zu verschaffen. Sie wollte, dass auch Wilhelm an ihrem Konsumrausch Anteil nehmen sollte und hatte eine sportlich geschnittene Lederjacke entdeckt, in cognacbeige mit schrägen, aufgesetzten Taschen und großen Knöpfen. Sie lockte ihren Mann an diesen Stand. Er kaufte schließlich diese Jacke, die nicht so recht nach seinem Geschmack war, mehr um ihr eine Freude zu machen. Er trug die Jacke selten, allenfalls im Urlaub.

Während der Rückfahrt herrschte eine ausgelassene Stimmung in dem Mercedes, sogar der sonst so zurückhaltende Fritz ließ sich zu einem Späßchen über die Lässigkeit in Italien hinreißen. Man war angefüllt mit angenehmen

Urlaubseindrücken, die Körper waren gesättigt, die Haut war durch die Sonne gebräunt und die abwechslungsreiche, vorbeistreichende Landschaft ließ die Sinne erblühen. Der Wagen fuhr in Richtung Norden hinter einem Lastwagen her, der mit Autos beladen war, die bei jeder Mulde nachwippten, als wollten sie das Vorhandensein einer Bodenwelle kopfnickend bestätigen. Plötzlich rutschte eines der Autos über die Heckkante des Lastwagens herab und prallte unsanft auf der Fahrbahn auf. Es schlug erst mit der linken Seite, dann mit der rechten auf und rutschte, auf der Seite liegend und Funken erzeugend, einige Meter vor dem Wagen der heimkehrenden Urlauber her. Fritz gelang es, wie durch ein Wunder, bremsend und lenkend rechts an dem Hindernis vorbeizukommen und einen Aufprall zu vermeiden. Der dahinter fahrende Wagen schaffte es nicht und fuhr rutschend und bremsend auf das herabgestürzte Auto auf.

Der nun folgende Trubel, um die Unfallstelle abzusichern und den Sachverhalt abzuklären, kostete Zeit und dämpfte etwas die Urlaubsfreude. Wilhelm steckte der Schock noch in den Gliedern, als hätte er dem Tod ins Gesicht geschaut, aber er wirkte nachdenklich und fragte sinnierend, auf der Leitplanke sitzend, seinen Chauffeur, warum er an dem Hindernis vorbeilenken konnte, der nächste Wagen jedoch dazu nicht in der Lage war.

„In solchem Fall hilft nur die Stotterbremse", schmunzelte Fritz erleichtert und machte mit dem rechten Fuß eine wippende Bewegung.

„Wie kann man sich eine Stotterbremse vorstellen?"

„Wenn die Räder durch den Bremsvorgang blockiert sind, dann rutschen sie geradeaus und der Wagen ist nicht mehr lenkbar. Man muss den Mut haben, immer wieder kurz von der Bremse zu gehen, obwohl das Hindernis näher kommt, dann bleibt das Fahrzeug lenkbar. Das kann man trainieren bevor der Ernstfall eintritt."

Wilhelm überlegte einen Moment, er schien entrückt von all dem Trubel, der sich um ihn herum abspielte, seine Augen leuchteten, der Blick war in die Ferne gerichtet, und er legte seine Hand auf die Schulter von Fritz: „Könnte nicht unsere Hydraulik so einen Stotterbremsvorgang viel schneller und präziser durchführen, als ein verängstigter Fahrzeuglenker? Bei blockierenden Rädern wird der Bremsdruck automatisch für Millisekunden unterbrochen und die Räder bleiben lenkbar."

„So eine Bremse könnte einen guten Chauffeur überflüssig machen", witzelte Fritz.

„Ich denke wir könnten ein solches Assistenzsystem in unserem Hause entwickeln und bauen, es soll den Namen: Blockex, tragen, weil es dem Blockieren den Exitus bereitet. Ein Sensor am Vorderrad meldet eine mögliche Radblockade an die Zentralhydraulik, diese vermindert den Bremsdruck für einen kurzen Intervall, bis der Sensor wieder ein drehendes Rad meldet und das wiederholt sich, bis das Fahrzeug zum Stillstand kommt", verkündete Wilhelm mit frohlockender Stimme, als hätte er das Rätsel der Sphinx gelöst. Fritz verstand von dieser Technik nichts und nickte nur höflich.

Während der gesamten Rückfahrt konnte Wilhelm nicht mehr die Schönheiten der Landschaft genießen, sondern saß zurückgezogen in der Ecke des Wagenfonds und machte sich Notizen über die mögliche Bauform eines schnell arbeitenden Ventils und überlegte auf welcher der vorhandenen Maschinen es sich am besten herstellen ließe und welche Herstellungskosten für das Blockex anfallen könnten.

Gleich nach seiner Rückkehr berief er eine Sondersitzung ein mit dem Produktionsleiter Ralf Schneider, dem Spartenleiter Absperrvorrichtungen Alex Hahn, dem Prokuristen Günter Rossmann, dem Sachbearbeiter der Angebotskalkulation Paul Weiß, und seiner Chefsekretärin Waltraud Schiller, die, wie immer, Protokoll führte. Der Sachbearbeiter war sehr überrascht über die Einladung zu einer Sitzung mit den Führungskräften der Firma. Auf der einen Seite schmeichelte es ihm, auf der anderen Seite beunruhigte es mit dem Großkopfeten beieinander zu sitzen und er nahm sich vor nur zu reden, wenn er angesprochen wurde.

Es standen Getränke bereit und etwas Gebäck, Wilhelm nahm zusammen mit seiner Sekretärin am oberen Ende des ovalen Tisches Platz, hinter ihm fielen die Sonnenstrahlen durch das Fenster, daher konnten ihn seine Zuhörer nur gegen das Licht erkennen. Er wirkte wie ein dunkler Riese, als er zu berichten begann, sonnengebräunt, in seiner witzigen Art, wie er unverhofft zu einer modischen Lederjacke gekommen war. Dann von seinem Schock auf der Rückfahrt und seiner Idee ein Blockex zu entwickeln, das er zum Patent anmelden wollte. Er stellte die Frage in den Raum, wie seine Mitarbeiter diese Produktidee einschätzten. Naturgemäß kam kein Widerspruch, denn was sich der Chef in den Kopf gesetzt hatte, das wurde auch irgendwann gemacht. Nur Herr Rossmann wies darauf hin, dass bei einem Erfolg des Blockex sich hier ein Riesenmarkt eröffnet, der die Möglichkeiten der Schlegel-Hydraulik GmbH überfordern könnte. Selbst wenn zunächst nur der deutsche Markt in Betracht gezogen würde, und das

System nur in der gehobenen PKW-Klasse eingebaut würde, so würde sich dieser Markt auf mehrere Millionen Stück pro Jahr belaufen.

Wilhelm ließ nun eine vergrößerte Zeichnung seines Blockex-Entwurfs aufhängen, fragte die Teilnehmer nach den Anforderungen an das System, und Frau Schiller hielt die herausgearbeiteten Anforderungen in einem Lastenheft fest. Dann verteilte er Aufgaben: Herr Schneider sollte einen Maschinenbelegungsplan erstellen für die Herstellung der einzelnen Bauelemente sowie eine Zeitbedarfsschätzung vornehmen. Herr Hahn sollte überprüfen, ob es auf dem Markt ein Ventil gab, das den Anforderungen im Lastenheft entsprach, und er sollte eine Alternative zu dem vorhandenen Entwurf anfertigen. Herr Weiß schließlich sollte Lieferanten für die Zukaufteile ausfindig machen und den Systempreis kalkulieren einmal bei einer Stückzahl von hundert und dann bei hunderttausend. Als Zeitraster legte Wilhelm fest, der Prototyp sollte innerhalb von sechs Wochen für einen Testlauf zur Verfügung stehen. Alle Beteiligten stöhnten, da das kaum zu schaffen war, ohne jedoch zu protestieren.

Um 12:15 Uhr wurde die Sitzung unterbrochen, wie immer um diese Zeit, obgleich noch einige Details zu klären waren, denn Wilhelm musste spätestens um 12:30 Uhr am Mittagstisch sitzen. Erika hatte sich hier durchgesetzt, sie stellte zuhause das Essen auf den Tisch und hatte klargemacht, dass sie nicht mehr kochen werde, wenn er sich verspäten würde. Erika verspürte wenig Lust alles warm zu halten und zu warten. Sie kannte Wilhelms Hang seine Sitzungen auszudehnen, da er sich selber gern reden hörte, und ihm jedes Detail wichtig erschien, zogen sich seine Sitzungen oft in die Länge.

Die Schlegel-Hydraulik GmbH war in drei Sparten aufgeteilt: Schiffsausrüstung, Hebeanlagen, Absperrvorrichtungen. Es war Wilhelms Plan eine zusätzliche Sparte Blockex zu schaffen und dafür zwei neue Mitarbeiter einzustellen, die er von einem Bremsenhersteller abwerben wollte.
Über die grundsätzliche Funktionsweise seines Blockex war der Erfinder recht zuversichtlich, jedoch der Teufel steckt im Detail: Wie kann das Fahrzeug bei Ausfall des Blockex gebremst werden? Wie reagiert es auf extreme Temperaturschwankungen? Welche Vorkehrungen müssen bei Großserienfertigung getroffen werden? Ist diese Idee patentfähig, und hat es Patente auf diesem Sektor schon gegeben? Diese Fragen konnte er nicht mit Sicherheit beantworten, daher wollte er eine zweite, kompetente Meinung dazu einholen. So sehr er sich seinen Kopf zermarterte, es fiel

ihm nur eine Person ein, die dafür geeignet war, sein alter Studienfreund Walter Kurz. Er hatte einen Lehrstuhl für Mechanik an der Technischen Universität in Berlin, war Herausgeber einer eigenen Fachzeitschrift und war als Berater und Gutachter ein gefragter Mann.

Während der gemeinsamen Studienzeit haben sich Wilhelm und Walter um Erika bemüht, sie war Walters große Liebe. Erika hat schließlich Wilhelm erwählt, das hat Walter nicht überwinden können. Er hatte später eine andere, liebenswerte Frau geheiratet, die ihm zwei Kinder schenkte, welche sich prächtig entwickelten. Sie führten eine korrekte Ehe, die auf gegenseitiger Achtung beruhte, aber es war nur eine Liebe aus zweiter Hand, die Leidenschaft, die Faszination, das Prickelnde wollte sich dabei nicht einstellen.

Walter hat sich mit Inbrunst in seine Arbeit gestürzt, und er verbrachte wenig Zeit mit seiner Frau oder seinen Kindern, die ihn zwar als Geldbeschaffer wahrnahmen, nicht als Vater. Wilhelm hatte seit über zehn Jahren keinen Kontakt mehr zu seinem alten Studienfreund, und daher war es ihm peinlich mit einer Bitte an ihn herantreten zu müssen. Er entschloss sich ihm einen Brief zu schreiben, der einen kurzen Bericht über den eigenen Lebenslauf enthielt und die Grundidee des Blockex darlegte und einige gezielte Fragen nach der Wirkung und der patentrechtlichen Situation enthielt. Es dauerte sechs Wochen, bis Walter schließlich den Brief beantwortete, der mit der Frage abschloss:

„Wie geht es Erika, konntest Du sie mit Deinem Schauspiel glücklich machen?"

Wilhelm liebte es sich in Szene zu setzen, aber den Vergleich mit einem billigen Schauspieler, der etwas vorführt, das er nicht ist, fand er unpassend. Der sachliche Teil des Briefes enthielt jedoch auch eine unangenehme Überraschung. Walter war der Auffassung, dass eine stabile Spurführung nur erzielbar sei, auch bei teilweise vereisten Straßen, wenn alle vier Räder getrennt jeweils einen Sensor erhalten und geregelt werden. Ferner wurde darauf hingewiesen, dass bei Unfällen oft die Bremsspur ein wichtiges Beweismittel darstellt, diese sei beim Blockex nicht mehr feststellbar. Vor fünfzig Jahren habe man Antiblockiersysteme bei Flugzeugbremsen zum Einsatz gebracht, aber da seien die Randbedingungen einfacher als beim Auto, ein patenrechtlich geschütztes Vierrad-Antiblockiersystem für Straßenfahrzeuge sei ihm nicht bekannt. Die Funktionsfähigkeit des Systems müsse vor einer Zulassung nachgewiesen werden, zum Beispiel auf Kopfsteinpflaster, bei Regen, in Alaska, in der Sahara und auch nach einer langen Betriebszeit. Die Tests müssten dokumentiert werden, das sei ein weiter, dornenreicher Weg. Dann erfolgte Walters gutgemeinter Ratschlag, der, wie der Name schon andeutet, einen Schlag darstellte:

„Ich denke das ist eine Nummer zu groß für Dich, lasse besser die Hände davon!"

Wilhelm fühlte sich als erfolgreicher, mittelständischer Unternehmer, er war stolz auf den Mittelstand, der nicht nach der Pfeife der Großkonzerne tanzen musste und innovative Produkte viel schneller und kostengünstiger entwickeln konnte als die Großindustrie. Die Feststellung, das ist eine Nummer zu groß für dich, ausgerechnet von seinem frustrierten Nebenbuhler, empfand er als verspätete Rache und verstärkte seinen Durchhaltewillen.

Leider erwiesen sich Walters Anmerkungen in vielen Punkten als zutreffend. Durch das Blockex konnte in vielen Fahrsituationen der Bremsweg verkürzt werden, jedoch konnte eine Spurstabilität nur über vier geregelte Räder erreicht werden, damit würden sich die Systemkosten fast vervierfachen. Auf der teuer gemieteten Rüttelstrecke fielen die von einem Unterlieferanten stammenden Sensoren reihenweise an dem Versuchsfahrzeug aus und mussten umkonstruiert werden. Die Sparte Blockex verschlang jeden Monat Unsummen, ohne einen Umsatzbeitrag zu liefern. Das zehrte an der Substanz des Unternehmens und machte eine Kapitalzufuhr erforderlich. Wilhelm hatte das Haus seiner Eltern geerbt. Durch den Verkauf des Elternhauses konnte er seiner Firma das fehlende Kapital zuführen.

Glücklicherweise erwirtschaftete die Sparte Hebeanlagen sehr gute Erträge, sodass die Geschäftslage insgesamt noch als befriedigend bezeichnet werden konnte, trotz der Einführung der neuen Sparte, die inzwischen durch ein Patent auf das Blockex abgesichert war. Die Blockex Testversuche in Norwegen und in Marokko fanden gleichzeitig im November statt, an getrennten Fahrzeugen. Das Testfahrzeug in Marokko wurde gestohlen und musste durch ein anderes ersetzt werden, das verzögerte die Tests um einige Monate. Es war erfreulich, dass ein Hersteller von Luxusautomobilen ein reges Interesse an dem Blockex zeigte und Tests nun auch in der gehobenen Fahrzeugklasse anliefen. Auf diese Weise konnte die neue Sparte erste Umsätze erzielen und befand sich auf einem guten Weg schon bald in die Gewinnzone zu gelangen.

Kapitel 3

Die Eroberung

Die Tochter Silke hatte das Gefühl, dass ihre Mutter die beiden Söhne vorzieht und die Tochter weniger liebte als die Söhne, daher buhlte sie um die Anerkennung und die Liebe der Mutter. Der Vater schenkte ihr und ihren Brüdern wenig Beachtung, weil er sich intensiv um die Firma kümmern musste, selbst bei ihrer Konfirmation war er nicht anwesend, sondern bei einem Kongress in London. Der Mangel an elterlicher Zuwendung schmerzte, und sie versuchte Aufmerksamkeit durch ihr Äußeres zu erregen. Silke entwickelte sich zu einer attraktiven Frau, sie hatte große, braune, ausdrucksstarke Augen, dunkles, langes, glänzendes Haar, eine schlanke und frauliche Figur, und sie verfügte über eine überdurchschnittliche Intelligenz. Sie hatte auf dem Gymnasium keine Schwierigkeiten gute Noten zu erzielen, nur im Fach: Mathematik, drohte ein Unzureichend, das zwar das Abitur nicht gefährden konnte, aber ein Schönheitsfehler war und an ihrer Eitelkeit kratzte. Daher bereitete sie für die letzte Matheklausur einen Spickzettel vor mit den ungeliebten, mathematischen Formeln, die mit hoher Gewichtung in die Mathenote eingingen. Sie hielt es für raffiniert, diesen Spickzettel in ihren Nylonstrumpf zu stecken, man konnte bei Bedarf unter dem Tisch den Rock etwas hochschieben und einen Blick auf die Formeln werfen. Der Mathematiklehrer Herr Müllerbein führte Aufsicht während der Klausur. Er war ein liebenswerter Mensch, etwa fünfzig Jahre alt und unverheiratet, er wirkte wie ein Relikt aus der Vergangenheit, das einfach zu gut war für diese Welt. Er ließ geruhsam und lustlos seinen Blick über die schwitzenden Prüflinge schweifen und vertiefte sich dann in seine Tageszeitung.

„Das ist der richtige Augenblick, um einen Blick auf meine Formelsammlung zu werfen", dachte Silke. Gelegentlich warf Herr Müllerbein einen Blick über seine Zeitung, er sah zwar nicht den Spickzettel unter dem Tisch, aber Silkes unruhiger, forschender, vom schlechten Gewissen durchdrungener Blick, fiel dem geübten Lehrer sofort auf, daher setzte er dem Anschein nach seine Zeitungslektüre fort, beobachtete dabei die Verdächtige sehr genau und siehe da, der Rock wurde hochgeschoben und der Spickzettel wurde sichtbar. Als er, wie zufällig, einen Rundgang durch die Reihen machte, rutschte der Rock schnell wieder zurück in eine unverdächtige Position. Herr Müllerbein blieb neben Silke stehen und verkündete laut: „Silke, Sie benutzen unerlaubte Hilfsmittel, die Sie unter Ihrem Rock versteckt haben, geben Sie Ihren Spickzettel heraus!"

Silke hatte ihren Mathematiklehrer als Mann nie für voll genommen, daher ärgerte es sie besonders, sich von so einem Weichei erwischen zu lassen und antwortete provozierend: „Wenn Sie das glauben, dann holen Sie sich das Beweisstück!" Die Unverschämtheit half ihr nicht, es wurde eine Kollegin hinzugezogen, um das Beweisstück zu sichern, für Silke war die Klausur beendet und wurde mit einem Mangelhaft benotet. Es war das erste Mal in ihrem Leben, dass etwas ganz anders verlief, als sie es geplant hatte, und sie wollte eine solche Niederlage nicht noch einmal erleben.

Fast alle Mitschüler machten ihr den Hof, das amüsierte die Diva und schmeichelte ihr, sie gab sich, wie eine Königin, die Huldigungen des Volkes entgegennahm. Sie ließ sich auch dazu herab mit einigen auszugehen, aber sobald jemand entflammt war, verlor sie jedes Interesse, sein Werben erschien ihr kindisch und gefühlsduselig. Diese Bewerber ließ sie allenfalls an der langen Leine zappeln oder setzte sie für die Erledigung ihrer Aufgaben ein. Wem das nicht ausreichte, der wurde eiskalt von der Liste der Freunde gestrichen. Nur gutaussehende, ältere Verehrer, mit Lebensstil und entsprechendem finanziellen Rahmen, erweckten ihre Aufmerksamkeit. Vielleicht sehnte sich irgendetwas in ihr nach einem Vaterersatz, denn sie war fast vaterlos aufgewachsen.

Nach dem Abitur wusste sie nicht so recht in welche Richtung ihre Ausbildung weitergehen sollte, eigentlich hatte sie keine Lust auf eine berufliche Tätigkeit. Am interessantesten erschienen ihr die Typen an der Schauspielschule, also schnupperte sie dort hinein, ohne von der Schauspielerei ergriffen zu sein. Bald musste sie feststellen, dass die Rollen nicht an die talentiertesten Schauspielerinnen vergeben wurden, bessere Chancen hatten die Damen, die den Regisseur auch als Frau faszinieren konnten und für seine Episoden zur Verfügung standen. Sie verspürte wenig Neigung sich an diesem Wettkampf zu beteiligen.

Während einer Familienfeier kamen sich Silke und der Prokurist Günter Rossmann näher. Ihr strahlendes Lächeln traf auf seinen faszinierten Blick, und es knisterte bei beiden. Sie registrierte mit Stolz, dass dieser gutaussehende, erfolgsverwöhnte Mann in den besten Jahren in ihr nicht mehr die Schülerin sah sondern eine aufgeblühte, begehrenswerte Frau. Ihm schmeichelte es, dass eine junge, attraktive Frau, noch dazu die Tochter des Chefs, sich für den grau werdenden Familienvater interessierte. Beide zogen sich in eine stille Ecke zurück und plauderten ausgelassen miteinander. Sein Blick strahlte Bewunderung und Verlangen aus, und ihr Blick versprach das Paradies auf Erden. Er konnte es kaum erwarten sie am nächsten Tag wiederzusehen und holte sie mit seinem BMW Cabrio zum Essen ab und führte sie in einen erlesenen Gourmettempel. Er empfahl ihr die Garnelen als Vorspeise und danach das Chateaubriand à point gebraten. Der Chefkoch kam zunächst an den Tisch und stellte verschiedene Fleischstücke zur Auswahl, später flambierte er den Braten am Tisch. Als Günter ihr noch ein Stück Fleisch nachlegte, beugte er sich so weit vor, dass seine Nase fast ihr offenherziges Dekolleté berührt hätte. Er erzählte von seinen Reisen und die peinliche Geschichte von seinem ersten Chateaubriand. Sie ließ seine Stimme, den Wein und das Ambiente auf sich wirken und gelangte zu der Überzeugung, dass sie noch nie in ihrem Leben so gut gegessen hatte und so angeregt unterhalten wurde wie hier zusammen mit diesem Weltenbummler. Sie wusste wohl, dass er verheiratet war und einen neunjährigen Sohn hatte, aber er gefiel ihr und sie wollte die Macht fühlen, die eine erwachende Frau auf einen Mann ausüben kann. Silke suchte den Beweis, dass er seine moralischen Bedenken überwinden wird, nur um mit ihr zusammen zu sein. Sie wollte ihn besitzen, das Liebesspiel eines erfahrenen Mannes erleben, und so wurden sie in dieser Nacht ein Paar, auf den engen Sitzen des Cabrios.

Günter war fasziniert von ihrem vollendeten Körper, ihrer Schönheit, der sprühenden Jugend und der Leidenschaft, die sie ihm schenkte, die so berauschend war im Vergleich mit dem müden Sex in seiner Ehe. Es wurde sein innigster Wunsch Silke so oft wie möglich zu treffen. Zunächst fanden ihre Verabredungen heimlich statt, im Auto, in nahegelegenen Hotels oder auf Geschäftsreisen, bei denen sie ihn begleitete. Weil ihre Treffen absolute Verschwiegenheit erforderlich machten, hatten sie zunächst das Flair eines kostbaren Abenteuers. Im Laufe der Zeit wurde Silke das Versteckspiel zu unbequem, ihr Wunsch wurde lauter, dass er sich auch offiziell zu ihr bekennen sollte, und sie wollte seine Ehefrau werden. Günter fühlte auch die Verantwortung für seinen Sohn, und so hielt er Silke hin und verzögerte immer wieder eine Entscheidung.

Durch seine Unkorrektheit wurde eines Tages das heimliche Liebesverhältnis ans Licht befördert. Frau Schiller stand absolut loyal zu ihrem Chef Dr. Schlegel, den sie wie einen Vater verehrte. Die zunehmenden Eigenmächtigkeiten des Prokuristen Rossmann waren ihr ein Dorn im Auge, und sie beobachtete seine Handlungen sorgfältig und mit Argwohn. Ihr fiel eine Reisekostenabrechnung auf, in der ein Doppelzimmer abgerechnet wurde, obgleich Herr Rossmann offiziell alleine auf Geschäftsreise war. Bei ihren Nachforschungen im Hotel stellte sich heraus, dass der Prokurist mit einer jungen Frau angereist war, die zwar als Ehefrau eingetragen war, auf die jedoch nur die Beschreibung von Silke passte. Frau Schiller fühlte sich verpflichtet ihren Chef darüber zu informieren. Wilhelm war entsetzt und enttäuscht und stellte zunächst seine Tochter zur Rede.

„Ich bin volljährig und kann lieben wen ich will, und ich liebe Günter", verteidigte sich Silke mit gespielter Empörung.

„Der Mann könnte Dein Vater sein und er ist schon verheiratet und hat ein Kind, gibt es auf dieser weiten Welt keinen geeigneteren Partner für Deine Liebe?"

„Komm Du mir nicht mit Moral! Als Du Erika kennenlerntest, war sie die Braut Deines Freundes. Konntest Du auf dieser weiten Welt keine geeignetere Partnerin für Deine Liebe finden?"

Wilhelm empfand ihren Vergleich ungerechtfertigt, und er tat weh, aber ein Hauch von Wahrheit über die Macht der Liebe lag in ihrem Vorwurf. Auch musste er sich eingestehen als Vater versagt zu haben, daher entschloss er sich diese Diskussion auslaufen zu lassen.

Das Gespräch mit Herrn Rossmann war ähnlich unergiebig, er sprach von der Liebe, der man nur einmal im Leben begegnet, seinem zweiten Frühling und seiner Machtlosigkeit gegenüber seinen Gefühlen, er ließ jedoch offen wie sich die Zukunft gestalten könnte. Erika verurteilte das Verhalten des ungleichen Paars, genau wie es ihr Ehemann tat, daher kühlte sich das vorher freundschaftliche Verhältnis zu dem Prokuristen ab und auch zwischen Silke und ihren Eltern machte sich eine weitere Entfremdung bemerkbar.

Silke verfolgte hartnäckig ihren Plan die Ehefrau von Günter zu werden. Er wollte sich nicht von seinem Sohn trennen, aber er sehnte sich verzehrend nach Silkes Armen. Als er ihr immer noch keine Zusage machte, erschien sie zu den vereinbarten Treffen nicht mehr und ließ ihn einfach warten. Er konnte kaum noch etwas essen, war bei Geschäftsbesprechungen unkonzentriert, fand in der Nacht keinen Schlaf und zankte sich laufend mit seiner enttäuschten und verbitterten Ehefrau. Schließlich reichte er die Scheidung ein, und nun war Silke wieder da für ihn. Appetit und Schlaf stellten sich wieder ein, und er zog mit seiner Angebeteten in eine Wohnung. Silke gab ihm das Gefühl frisch verliebt zu sein und turtelte, wie ein Vogel im Frühling. Beide empfanden es beglückend, in ihrem Refugium mit dem geliebten Partner die ganze Nacht zu verbringen, neben ihm zu erwachen und seine Zärtlichkeiten zu genießen.

Silke hatte ihre Ausbildung an der Schauspielschule abgebrochen und wandte sich dem Tennisspielen zu. Sie war ehrgeizig und wurde schließlich Vizemeisterin in ihrem Tennisclub, aber zu einer Karriere als Tennisprofi reichte es nicht und die wäre ihr auch zu anstrengend gewesen. Wenn sie nicht auf dem Tennisplatz war, machte sie ausgedehnte Einkaufsbummel oder arrangierte Treffen mit ihren Freundinnen. Ihr Leben war angenehm, aber es füllte sie nicht aus und erzeugte zunehmend Unzufriedenheit, die noch durch ihre finanzielle Situation verstärkt wurde. Seit ihrem Auszug aus dem elterlichen Haus und dem Abbruch ihrer Ausbildung hatte Wilhelm seine Zahlungen an Silke eingestellt. Günter stellte ihr monatlich zweitausend DM zur Verfügung, aber dieses Geld war schon in der Monatsmitte ausgegeben, und sie hatte ständig das beklemmende Gefühl nicht mit ihren Freundinnen mithalten zu können und nicht den Lebensstandard zu haben, der ihr eigentlich zustand. Dafür machte sie Günter verantwortlich. Gleich nach seiner Scheidung heirateten Günter und Silke in großer Eile, nachdem sie ihm mitgeteilt hatte, dass sie ein Kind von ihm erwartete.

Silkes Familie missbilligte diese Heirat, die auch zu Spannungen in der Schlegel-Hydraulik GmbH führte, daher war es nur der Jüngste Volker, der zu ihrer kurzfristig angesetzten Hochzeitsfeier erschien und seiner Schwester ihr Lieblingslied: „Something stupid", auf seiner Klarinette vorspielte. Silke Rossmann, so hieß sie nun, war innerlich nicht auf eine Mutterrolle vorbereitet, und daher war sie nicht traurig, als sich ihre angekündigte Schwangerschaft nur als eine Scheinschwangerschaft erwies. Sie hatte gehofft, durch die Eheschließung im stärkeren Umfang an Günters üppigen Einkommen partizipieren zu können, aber es stellte sich heraus, dass nach Zahlung an Exehefrau und Sohn nur noch knapp die Hälfte davon übrig blieb, und sie ihren gewohnten Lebensstil einschränken musste. Alles Durchschnittliche war ihr verhasst, sie wollte auf ihren gewohnten Luxus nicht verzichten, und dafür war ihr fast jedes Mittel recht. Sie grübelte über Möglichkeiten zur Aufbesserung seines Einkommens nach, und daher fragte sie ganz beiläufig, als er sich eines Abends erschöpft in den Sessel fallen ließ: „Du, als Prokurist, kannst doch alle geschäftlichen Entscheidungen selbst treffen?"
„Im Prinzip, ja", gab er lustlos zurück, „nur die Firma oder die Immobilie verkaufen, kann ich nur mit der Zustimmung deines Vaters."

„Das Blockex läuft jetzt reibungslos und müsste der Konkurrenz doch einiges Wert sein?"

„Das Blockex hatte viel höhere Entwicklungskosten, als geplant, es passt als neue Sparte eigentlich nicht in einen mittelständischen Betrieb, aber Wilhelm wird das Patent nicht verkaufen wollen, wahrscheinlich wäre der Erlös nicht einmal kostendeckend."

Silke hockte sich nun neben ihn und fuhr laut denkend fort: „Du kennst die Zulieferer, die Materialien, die Herstellungstoleranzen und die Gründe, die eine Neukonstruktion erforderlich machten, all das steht nicht in dem Patent. Die Firma, die das Patent erwirbt, müsste all diese Erfahrungen selbst machen, das kostet Zeit und viel Geld, daher müsstest Du ihr doch mehr Wert sein, als das Patent."

Günter schenkte sich ein Glas Wein ein und schüttelte den Kopf, wie ein Schüler, dem der Lehrer eine unangenehme Frage stellt: „Das kann ich mir nicht vorstellen, ein erfolgreiches Patent stellt einen Wertezuwachs für ein Unternehmen dar, der bilanziert werden kann. Ein neuer Mitarbeiter stellt nur einen zusätzlichen Kostenfaktor dar."

Silke richtete sich auf, ihre Augen begannen zu leuchteten. Sie dachte an den Einkommenszuwachs, aber auch an Rache für das überraschende Ausbleiben der elterlichen Zahlungen an sie: „Ich würde das Blockex Patent billig zum Verkauf anbieten, aber nur in Verbindung mit einem teuren Beratervertrag für dich! Davon muss mein Vater ja nichts erfahren."

Sie ließ ihren Morgenmantel fallen und blieb einen Moment nackt vor ihm stehen, ihr langes Haar verdeckte halb ihren lüsternen Blick. Dann setzte sie sich mit weit geöffneten Schenkeln auf ihn, kuschelte sich an, dabei wurde der zunächst im Sessel Dösende hellwach. Er nahm sie in seine Arme und versprach genauso vorzugehen, wie sie es vorgeschlagen hatte, obwohl sie ihn nicht dazu aufgefordert hatte.

Als Wilhelm von den Konditionen zum Verkauf des Blockex hinter seinem Rücken erfuhr, wurde er wütend und kündigte den Arbeitsvertrag mit Herrn Rossmann fristlos und verklagte ihn auf Schadensersatz. Bei der Gerichtsverhandlung blieb unklar, ob die Gründe für eine fristlose Kündigung ausreichend waren und in welcher Höhe ein Schaden für die Schlegel-Hydraulik GmbH entstanden war. Es wurde ein außergerichtlicher Vergleich vorgeschlagen. Die fristlose Kündigung sollte wirksam bleiben gegen Zahlung einer Abfindung, die kleiner war als üblich, im Gegenzug musste die

Schlegel-Hydraulik GmbH auf Schadensersatzansprüche verzichten.

Dieser Vergleich zehrte an der Substanz der Firma, denn es musste nicht nur die Abfindung bezahlt werden, ohne eine Gegenleistung durch den Prokuristen, auch der Hoffnungsträger Blockex war verloren und seine Entwicklungskosten blieben weitgehend ungedeckt. Belastend wirkten sich ferner die Auswirkungen der weltweiten Ölkrise aus auf die Sparte Schiffsausrüstungen, die jetzt hohe Verluste produzierte. Die Bank wollte einer Erweiterung der Kreditlinie nur zustimmen, wenn als zusätzliche Sicherheit die Schlegel Villa eingebracht wird, die zu fünfzig Prozent im Besitz von Erika war. Wilhelm musste ein unangenehmes Gespräch mit seiner Ehefrau führen, aus verständlichen Gründen zögerte sie ihre Einwilligung zu geben. Beide loteten die Chancen für ein Überleben der Firma aus und überlegten gemeinsam welche Maßnahmen ergriffen werden müssen. Erika hing an der Villa, die für sie die Familie und ein gemeinsames Leben mir Wilhelm symbolisierte. Sie verstand so wenig von Bilanzen, wie eine Kuh vom Schlittschuhlaufen und konnte nicht beurteilen wie wirkungsvoll Wilhelms Sanierungsplan war. Sie vertraute ihm und wollte sein Lebenswerk nicht zerstören und ihre Ehe nicht gefährden, daher stimmte sie schließlich der Sicherheitsübereignung zu.

Der Sanierungsplan, für den Wilhelm auch einen externen Berater hinzuzog, sah vor: Zügiger Personalabbau in den Sparten Schiffsausrüstung und Blockex. Zusammenlegung von Aufgaben der mittleren Führungsebene. Reduzierung der Lagerbestände und Verlängerung der Zahlungsziele bei Lieferanten und schließlich eine Verzögerung bei der Auszahlung von Löhnen und Gehältern

Diese Maßnahmen erforderten jedoch eine gewisse Anlaufzeit, um wirksam werden zu können, daher verschlechterte sich zunächst die Liquidität des Unternehmens von Monat zu Monat. Wilhelm sah sich gezwungen eine Betriebsversammlung einzuberufen, um den Mitarbeitern darzulegen, warum ein Sanierungskonzept erforderlich wurde und ihre Zustimmung einzuholen.
Bei der Betriebsversammlung sprach zunächst ein Vertreter der IG Metall Herr Müller. Seine korpulente Figur wollte gar nicht recht passen zu den „geknechteten Arbeitnehmern", die er vertreten sollte. Dieser Mann mittleren Alters wirkte in seinem grobkarierten Hemd, seinem schütteren Haar und seinen wilden

Gesten wie ein Losverkäufer auf einem Jahrmarkt. Er sprach von den satten Gewinnen in der Metallverarbeitung und von der Notwendigkeit der Einführung der Fünfunddreißigstundenwoche bei vollem Lohnausgleich, obwohl er über die Krise der Schlegel-Hydraulik GmbH bestens informiert war. Dann wies er darauf hin, dass es skandalös sei, dass der Mitarbeiterparkplatz noch nicht gepflastert sei, und das zerbrochene Fenster auf der Lehrlingstoilette immer noch nicht instand gesetzt sei. Er ratterte seinen Vortrag herunter, wie eine Maschinengewehrsalve, so als würde er eine Prämie erhalten für jedes zusätzliche Wort, das er noch unterbringen konnte. Die Mitarbeiter wurden langsam unruhig, dennoch überzog dieser Schwätzer seine Redezeit um zehn Minuten.

Als Wilhelm vor das Mikrophon trat, wurde es schlagartig still in der Halle, man hörte nur noch das Rauschen der Ventilatoren und das unruhige Knarren von Stühlen. Jeder interessierte sich dafür, in welchem Umfang die umlaufenden Gerüchte zutreffend waren, und wer von den Maßnahmen betroffen sein würde. Der Chef sprach über den unerfreulichen Bruch mit Herrn Rossmann, den Verkauf der Sparte: Blockex, den Verlusten in der Sparte Schiffsausrüstung und der schlechten Auftragseingangslage durch die Ölkrise. Er bat um

Verständnis, dass dreißig Mitarbeiter entlassen werden müssen. Dies sollte so sozial verträglich, wie möglich und in Absprache mit dem Betriebsrat erfolgen. Er wies drauf hin, dass er sein eigenes Geschäftsführergehalt halbiert hat und dass die Löhne und Gehälter nur mit einigen Tagen Verspätung ausbezahlt werden können. Dann holte er die Zustimmung der Mitarbeiter durch Handzeichen ein und die Betriebsversammlung, die er wie ein geschlagener Hund verließ, wurde beendet.

Günter Rossmann hatte mit dem Erwerber des Blockex einen Beratervertrag über achthunderttausend DM ausgehandelt, dazu konnte er noch über die Abfindung der Schlegel-Hydraulik GmbH verfügen. Er und Silke konnten in gesegneten finanziellen Verhältnissen prassen. Zunächst wurde ein großes Haus angeschafft, Silke übernahm seinen BMW Cabrio, und er kaufte sich eine Limousine mit dem bekannten Stern. In ihrem Haus wurden Feste gegeben, um die neuen Freunde an ihrem Glück teilnehmen zulassen. Das neureiche Paar nahm an vielen gesellschaftlichen Veranstaltungen teil, und Silke ließ sich für den Opernball und das Fest im Tennisclub unterschiedliche, maßgeschneiderte Kleider nähen. Sie wollte nicht zwei Mal dasselbe Outfit tragen. Die

Urlaubsreise führte sie auf die Trauminsel Bali mit einem Zwischenstopp in Singapur, der für einen ausgedehnten Einkaufsbummel genutzt wurde. Für die Rückreise musste ein weiterer Koffer angeschafft werden, um die von Silke erworbenen Kleider transportieren zu können. So erlebte das frisch vermählte Paar einen berauschenden Sommer, wie im Schlaraffenland.

An jedem zweiten Wochenende holte Günter seinen Sohn Alexander ab, um mit ihm das Wochenende zu verbringen. Silke begleitete sie bei einem Freizeitparkbesuch, sie kam jedoch mit dem Kind nicht gut zurecht und verspürte wenig Lust auf kindgerechte Wochenenden, daher mussten Vater und Sohn den geplanten Zoobesuch ohne Silke durchführen. Auch an anderen Stellen zeigten sich bald Risse in der Zweisamkeit. Er mochte klassische Kriminalfilme, sie schwärmte für romantische Liebesfilme, er liebte Barockmusik, sie bevorzugte die Beatles, er ging gerne zu Autorennen, diese fand sie unerträglich laut und ging lieber zu Tennistournieren. In ihrer Tennisclique war es ihr peinlich mit einem so alten Mann verheiratet zu sein, der auf dem Tennisplatz eine recht blasse Figur abgab.

Es störte Günter, dass er jetzt eine Brille tragen musste, dass seine Haare dünn und ergraut waren und sein Bauchumfang ständig zunahm. Günter spürte schmerzlich den eigenen körperlichen Abbau, aber er liebte seine Frau nach wie vor und war stolz auf sie. Es trieb ihn in die Verzweiflung zu fühlen, wie ihre Begeisterung für ihn verblasste, wie die Farben eines Bildes, das zu lange von der Sonne angestrahlt wurde, und sie machte sich nicht einmal die Mühe ihre Gleichgültigkeit zu kaschieren, die fast an Verachtung grenzte. Er hingegen überlegte fieberhaft, wie er sie zurückgewinnen könnte.

Seine Tätigkeit in der Firma war in hohem Maße unbefriedigend, fast demütigend. Man hatte ihm zunächst alle Informationen, die zur Nutzung des Blockex erforderlich waren, im ersten Quartal entlockt, und ihn danach mit der Auswertung von Statistiken betraut. Eine Verlängerung seines Vertrages war nicht vorgesehen, denn sein neuer Vorgesetzter erinnerte sich noch lebhaft an sein schurkisches Verhalten dem alten Arbeitgeber gegenüber. Über die Mittelstandsvereinigung sprach sich der Fall Rossmann, wie ein Lauffeuer herum, daher war sein Anklopfen an die Türen von mittelständigen Unternehmen vergeblich. Die Großbetriebe waren wegen seines fortgeschrittenen Alters nicht an seiner Mitarbeit interessiert. Die finanziellen Reserven, die im ersten Jahr mit lockerer Hand ausgegeben wurden, schmolzen bedrohlich und eine berufliche Tätigkeit war nicht in Sicht. Diese ernüchternde Bilanz führte zu einem nervösen und unleidlichen Verhalten bei Günter und seine Verbitterung wuchs.

An einem Abend fuhr Silke vom Tennisclub nach Hause. Sie war müde und hatte etwas zu viel Sekt getrunken, daher übersah sie ein von rechts kommendes Auto und fuhr ihm voll in die Seite. Das BMW Cabrio wurde stark beschädigt, und Silke musste zur Behandlung ihrer Verletzungen in ein Krankenhaus. Dort lernte sie einen jungen Mann kennen. In dem beklagenswerten Zustand, in dem sich beide Krankenhauspatienten befanden, kam man sich im Krankenhauscafé näher. Joachim war etwa dreißig Jahre alt, groß, schlank, mit blonden, gewellten Haaren. Silke empfand ihn als anziehend, gutaussehend und geheimnisumwittert. Er stellte ein erfrischendes Gegenstück zu dem mürrischen, alternden Günter dar.

Silke verdeckte das verquollene Gesicht mit ihren langen Haaren so gut es ging, wies auf Joachims Gehhilfe hin und fragte: „Auch ein Autounfall?"

„Autofahren kann ich, Drachensegeln offensichtlich nicht so gut, wie ich dachte", kam die spöttische Antwort zurück, als seien alle Autounfallopfer Versager.

„Drachensegeln stelle ich mir als eines der letzten Abenteuer in unserer geregelten Welt vor, ist es schwer einen Drachen zu beherrschen?"

Joachim streckte seinen bandagierten Fuß aus, rührte emsig in seinem Kaffee und lächelte: „Drachensteuern ist einfach, die Schwierigkeiten liegen mehr im Start, dabei hat mich die böse Bö eines verärgerten Bankkunden erfasst und aus purer Rache durch die Luft gewirbelt und auf einen Felsen geworfen." Er beobachtete sein Gegenüber von der Seite, um festzustellen, ob er ihr mit seiner Beschreibung ein Lächeln entlocken konnte.

„Da haben Sie dem armen Felsen sicherlich einen gehörigen Schreck eingejagt. Das sollte vermieden werden, man muss vor jedem Start die bösen Böen vertreiben, das ist mein Spezialgebiet. Wenn Sie sich vor Böen von verärgerten Bankkunden schützen wollen, sollten Sie mich zum Drachensegeln engagieren!"

„Das lässt sich nur mit einem Tandemflug bewerkstelligen, aber ich warne Sie. Sie sitzen dabei auf meinem Schoß, sind angeschnallt und können nicht weglaufen. Ist es Ihnen nicht gelungen alle Böen zu vertreiben, dann landen wir gemeinsam auf dem armen, leidersprobten Felsen." Wieder beobachtete er sie von der Seite und hatte seine Freude daran, mit welcher Schlagfertigkeit sie auf seine Blödeleien reagierte.

„Da bin ich sehr beruhigt, wenn ich Schutzanzug und Helm trage, können Sie mir schlecht an die Wäsche gehen", kicherte sie und hielt sich dabei beide Hände vor die Brüste, als wolle sie ihre Unschuld verteidigen. Ihr gefiel der Mann, und sie wollte mehr über ihn erfahren, daher schob sie eine neugierige Frage nach: „Haben Sie den Tandemflug mit Ihrem Sohn schon probiert?"

„Ich muss für meine Bank flexibel einsetzbar bleiben, mal ist mein Arbeitsplatz in New York mal in Tokio oder Singapur, dabei wären Mama, Kind und Hündchen hinderlich. Ich wäre als Vater auch eine totale Fehlbesetzung, so etwas darf man Kindern nicht antun, sie könnten sich eines Tages rächen an ihrem Pseudovater."

Er wirkte auf sie mehr wie ein verwöhntes Kind, sie hatte sich einen seriösen Bankmanager ganz anders vorgestellt: „Wenn Sie als Vater und Ehemann eine Fehlbesetzung sind, als Drachensegler beim Start versagen, beim Kaffeetrinken nur rühren, ohne zu trinken, wo vermuten Sie Ihre Stärken?"

„Bei meinen Finanztransaktionen habe ich bisher überwiegend eine glückliche Hand bewiesen, das bedeutet nicht nur Einkommen, es verschafft mir auch eine Bestätigung. Durch Kapital- und Machtvermehrung stellt sich bei mir ein Glücksgefühl ein, so wie es bei Hippies der Joint erzeugt.

Geschwindigkeit berauscht mich, in meinem Porsche kann ich die Strecke Stuttgart – Frankfurt in einer Stunde schaffen, die gesparte Zeit ist für mich Geld", dabei kippelte er bedrohlich auf seinem Stuhl, als sollte damit das labile Gleichgewicht seiner Finanztransaktionen symbolisiert werden.

Silke erwartete an diesem Nachmittag den Besuch von Günter und musste in ihr Krankenzimmer zurückkehren, obgleich sie gerne noch geblieben wäre, denn der kindliche Finanzjongleur beflügelte ihre Fantasien, und sie wollte ihn wiedersehen: „Ich muss jetzt gehen, aber ich werde morgen um die gleiche Zeit wieder hier sein und wollte Ihren Rat zu einer geplanten Investition einholen, kann ich Sie morgen hier antreffen?"

„Ich rühre morgen hier wieder um die gleiche Zeit meinen Kaffee, ohne ihn zu trinken, denn viele Alternativen bietet das Krankenhaus nicht."

Sie war eigentlich in Eile, aber irgendetwas in ihr veranlasste sie noch einen Umweg über die orthopädische Abteilung zu machen. Der Zufall wollte es, dass auf dem Medikamentenwagen einige Krankenakten lagen. Als die pummlige, bebrillte Krankenschwester in einem Krankenzimmer verschwand, nutzte Silke diese Möglichkeit. Sie durchblätterte die Akten und wurde fündig. Das Objekt ihrer Neugierde hieß Joachim Kowalsky, wurde in Frankfurt am Main im Sternzeichen der Zwillinge geboren, war einunddreißig Jahre alt, als Beruf war Bankfachmann angegeben, er wurde mit einer glatten Oberschenkelfraktur eingeliefert und war Privatpatient des Professors.

Günter wartete schon in Silkes Krankenzimmer, als sie hereinstürzte und ihm einen flüchtigen Wangenkuss gab. Er hatte ihr Blumen, eine Tenniszeitschrift und etwas Obst mitgebracht und fragte besorgt nach ihrem Befinden und der Pflege hier im Krankenhaus. Sie versicherte, dass alles bestens sei und lenkte das Gespräch alsbald auf ein Thema, das sie seit dem Autounfall beschäftigte: „Konntest Du alles im Zusammenhang mit dem Unfall regeln?"
„Der Erlös für das BMW Cabrio deckte gerade die Abschleppkosten, und Du musst mit einer Verurteilung als Unfallverursacher rechnen."
„Es war nett, dass Du mir damals Dein altes BMW Cabrio überlassen hast, aber ich hätte gerne einmal einen neuen, richtig schnellen Wagen, der zu mir passt. Ich träume schon lange von einem Porsche. Ich bin sicher mit einem Porsche könnte ich wieder so glücklich sein, wie damals in unserem ersten Sommer, als Du Dich unter Opfern zu mir bekannt hast."

Günter wollte sie unbedingt glücklich machen, und er sehnte sich nach der Zärtlichkeit ihres ersten Sommers, aber er wusste, dass seine verfügbaren Mittel nicht mehr ausreichen, um einen Porsche zu kaufen. Er entschloss sich eine weitere Hypothek auf das Haus aufzunehmen und überraschte sie bald mit einem knallroten Porsche 911, auch um ihr zu beweisen, zu welchem Opfer er für ihre Liebe bereit war. Er hoffte seine schwindende Attraktivität damit kompensieren zu können. Damit hatte sie nicht gerechnet und bedankte sich artig mit einigen Nächten voller Zärtlichkeiten, die nur sie ihm schenken konnte, und die er in sich aufsog, wie ein Ertrinkender.

Ihre erste größere Fahrt mit dem neuen Porsche führte zu Joachim zum Tandemflug. Sie jubelte vor Begeisterung, als sie lautlos, in sanften Bögen an Felsen vorbeiglitt, über Flussläufe und Dörfer dahinschwebte, den Fahrtwind im Gesicht fühlte und dabei den Körper von Joachim spürte, der als Pilot an zahllosen Schnüren hantierte. Sie war nachhaltig beeindruckt von dem Flug und ihrem Begleiter, der so mühelos dem Fluggerät seinen Willen aufzwingen konnte. Joachim lenkte den Drachen auf eine Wiese, und dort stand schon ein Hubschrauber bereit, der beide wieder zurück zum Startplatz brachte. Er lud sie zu einem Abendessen ein in die edel restaurierte Alte Mühle. Nach einem lustlosen Blick auf die

Speisekarte, bestellte er ein Wiener Schnitzel und ein Bier. Der Genuss erlesener Speisen, den Günter mit Sachkenntnis zelebrierte, schien ihn wenig zu interessieren, und sie hatte den Eindruck, zu diesem vermögenden Banker würde der Kinderteller am besten passen. Silke schwärmte zunächst noch von dem Tandemflug, aber sie wollte mehr über seinen finanziellen Status in Erfahrung bringen: „Du siehst, uns hat heute keine böse Bö eines verärgerten Bankkunden überrascht. Welchen Grund könnte Dein Kunde haben, Dir eine böse Bö schicken zu wollen?"

„Unser Fonds ist ein Sammelbecken für risikobereite Anleger, die eine überdurchschnittliche Rendite erwarten. Diese versuchen wir durch Aufkauf, Sanierung und Wiederverkauf von maroden, oft ausländischen Firmen zu erzielen, das gelingt mir auch meistens. In den anderen Fällen gehen oft beachtliche Vermögen verloren, da kann Verbitterung entstehen", gestand er mit einem verspielten Kichern und ließ das aus Bierdeckeln errichtete Kartenhaus durch einen Schlag auf den Tisch einstürzen.

„Wenn ein Reicher einen Teil seines Vermögens verliert, dann ist er doch nicht arm und wird seine Mordgedanken hoffentlich beherrschen können", dabei dachte Silke an ihren Vater, dem sie hinterlistig das Blockex abgeluchst hatte.

„Die menschliche Gier ist eine für uns wichtige Triebfeder, du musst nur beweisen, dass du in der Lage bist, dreißig Prozent Rendite zu erzielen, und der Geldgeile verkauft seine Großmutter, um Fondsanteile zu erwerben", prustete er heraus und schlug sich dabei auf die Schenkel, „darum ermuntern wir auch Möchtegernkapitalisten geliehenes Geld einzubringen, wenn das verloren geht, ist er ruiniert, aber nicht die Bank."

„Erhält der Fondsmanager auch Provision bei einem Fehlschlag?"

„Viele Fehlschläge darf er sich nicht erlauben, das schadet dem Image, aber unser jüngster Fondsmanager hat ein Fixum von vierhunderttausend Dollar plus Provision pro Jahr, leider nicht pro Monat, aber auch damit muss er nicht hungerleiden."

Silke war von diesen Zahlen beeindruckt und schmiedete Pläne für die väterliche Firma, denn sie hatte erfahren, dass ihr Vater die Firma, an ihr vorbei, auf Boris übertragen hatte und das erweckte Rachegefühle in ihr.

Joachim schlug vor die Nacht gemeinsam in der Mühle zu verbringen, „Du kannst auch ein Einzelzimmer haben", fügte er noch scheinheilig hinzu und sah ihr fragend in die Augen. Silke bedankte sich mit einem intensiven Kuss für den erlebnisreichen Tag, stieg eilig in ihren Porsche und brauste davon. Sie kam spät zurück, aber Günter war erleichtert, dass sie überhaupt wiederkam, denn er fürchtete sich vor einem Bruch und hütete sich unangenehme Fragen zu stellen. Eine Mischung aus geweckter Lust und schlechtem Gewissen bewirkte, dass sie sich zu ihrem Ehemann ins Bett legte und sich ankuschelte. Sie gab sich ihm hin und dachte dabei an Joachim.

Günter blieb arbeitslos und wurde mehr und mehr unzufrieden und übellaunig, Silke ging Zusammenkünften mit ihm aus dem Weg. Auch fand sie die Treffen mit seinem Sohn nervig, es zog sie immer mehr zu Joachim. Die finanziellen Reserven der Familie Rossmann waren mehr als aufgezehrt, das Haus bis zum Schornstein mit Hypotheken belastet, und seine Zahlungen an Silke mussten drastisch eingeschränkt werden. Sie musste sich das Geld zum Betanken ihres Porsches bei einer Freundin leihen. Die frustrierte Ehefrau traf sich immer häufiger mit ihrem exzentrischen, kindischen Liebhaber, weil ihr das Drachensegeln viel Spaß machte, und er eine Rolle in ihrem Rachefeldzug spielen sollte. Ihre Situation machte es erforderlich, dass sie die Maske der wohlhabenden Fabrikantentochter ablegen musste und ihren finanziellen Status, leicht geschönt und humorvoll verpackt, ihm darlegte.

Joachim war kein Mann, der Wohltätigkeiten verteilen wollte, aber er hatte eine Idee, die ihr Finanzproblem lösen konnte und für ihn von Nutzen war. Er besaß eine Penthouse Wohnung in der Frankfurter Altstadt, die er nur selten benutzte. Silke sollte dort einziehen und positive Auskünfte erteilen, wenn Anleger vorstellig wurden oder anriefen, die sich für seinen Fonds interessierten. Wenn diese Interessenten den Fonds zeichneten, erhielt sie zwanzig Prozent von seiner Provision. Diese Tätigkeit konnte sie auch ohne eine abgeschlossene Berufsausbildung erfolgreich ausüben, und ihr stand eine luxuriöse Wohnung zur Verfügung. Sie war auf einen Schlag unabhängig von Günter, der ihr lästig war und ihr ohnehin nichts mehr bieten konnte. Schon nach wenigen Monaten ermöglichte ihr Einkommen eine Rückkehr zu ihren alten Konsumgewohnheiten, und sie entschloss sich die Scheidung einzureichen.

Günter war enttäuscht und verbittert, er fühlte sich missbraucht und alleingelassen. Er bat sie den Porsche zurückzugeben, damit er wenigstens die drückendsten Schulden begleichen konnte. Sie empfand den Porsche als eine Wiedergutmachung für den erlittenen finanziellen Niedergang und die damit verbundenen Erniedrigungen und verweigerte die Herausgabe des Luxusautos, das ihr bei den Gesprächen mit

Fondsinteressenten eine nützliche Kulisse darstellte. Durch ihre eiskalte Abkehr bekam Günter den Eindruck, seine zweite Ehe war nur eine Farce. Er spielte den nützlichen Idioten, der sie mit Geld vollpumpte, um Ihre Gunst zu erkaufen, bis es verschleudert war, und dann ließ sie ihn fallen, wie ein zerbrochenes Spielzeug. Er fühlte sich getäuscht, erniedrigt, angewidert und sehnte sich nach seiner ersten Ehefrau und einer heilen Familie zurück.

An einem Wochenende konnte er endlich wieder einmal seinen Sohn Alexander sehen, und er wollte sicherstellen, dass sein Sohn erlebnisreiche Tage mit ihm zusammen verbringen konnte. Der Junge war nicht nur durch seine Pubertät schwierig, sondern er ließ keine Gelegenheit aus, um aufzufallen und zu provozieren. Günter beobachtete das mit Sorge und hatte ein schlechtes Gewissen, weil Kinder aus gescheiterten Ehen oft keine guten Startchancen haben. Er hatte sich von einem Freund Geld geliehen und Karten für ein Popkonzert besorgt, bei dem die Rolling Stones auftraten, für die sein Sohn schwärmte.

Obgleich sie sich schon Stunden vor Konzertbeginn um einen Platz bemühten, konnte Günter nur noch einen Stehplatz im hinteren Bereich ergattern. Die Musik war unerträglich laut und schrill, die Zuhörer wirkten elektrisiert und schunkelten rücksichtslos. Günter lächelte seinem Sohn zu und bewegte den Kopf im Rhythmus der Musik, er wollte unbedingt dazu gehören und gute Laune ausstrahlen. Nach dem nervtötenden Popkonzert drängten Menschentrauben dem Ausgang entgegen und Vater und Sohn hatten Mühe sich einen Weg zu bahnen, um sich eine ruhige Kneipe zu suchen, die für ein Gespräch geeignet war. Günters Fragen wurden von Alexander als ätzend empfunden und unwillig oder gar nicht beantwortet. Schließlich schwang er sich, ohne Ankündigung, auf sein Fahrrad und fuhr heimwärts. Es dauerte noch einen Moment, bis der Zurückgelassene sein Bier ausgetrunken und bezahlt hatte, dann setzte er sich auch auf sein Fahrrad und radelte dem Sohn hinterher.

Auf dem Heimweg beunruhigten ihn Polizeisirenen und Blaulicht, und als er an die Unfallstelle kam, wurde Alexander gerade auf eine Bahre gelegt und zu einem Krankenwagen transportiert. Er war nach einer Kollision mit einem entgegenkommenden Auto über den Lenker unsanft in einen Brombeerbusch geflogen und blutete. Günter lief hysterisch schreiend der Bahre nach, er wollte herausfinden, wie schwer die Verletzungen seines Sohnes waren. Ein Polizist nahm ihn zur Seite und sprach beruhigend von leichten Kratzern und einer eventuellen Gehirnerschütterung, und er versuchte Namen und Adresse des Verunglückten vom Vater in Erfahrung zu bringen. Dem Beamten, der geschult wird, um alkoholisierte Verkehrsteilnehmer aufzuspüren, fiel sofort auf, dass Günter nach Bier roch und vermerkte das in seinem Protokoll. Der Vater begleitete seinen Sohn, der einen recht gefassten Eindruck machte, im Krankenwagen und unterdrückte jede ätzende Frage. Die Untersuchung in der Notaufnahme bestätigte, dass nur leichte Verletzungen vorlagen, und nach einer Versorgung der Kratzwunden konnte Alexander gemeinsam mit seinem nun entspannten Vater das Krankenhaus verlassen.

Einige Tage später erhielt Günter einen Brief von einem Anwalt, aus dem hervorging, dass Alexanders Mutter ein Verfahren eingeleitet hatte, um dem Vater das Sorgerecht zu entziehen. Er habe grob fahrlässig und betrunken seine Aufsichtspflicht verletzt und das Leben des gemeinsamen Kindes in Gefahr gebracht.
Ihm fiel der Brief aus der Hand, er musste sich setzen und konnte einen Aufschrei nicht unterdrücken, dabei rollten dicke Tränen über sein zerfurchtes, verbittertes Gesicht.

Kapitel 4

Firmenübernahme

Wilhelm faltete die Hände über seinen Bauch und bemerkte, dass er schon wieder zugenommen hatte. Nun, sagte er sich, dieser Bauch gehört mir und wurde sogar bar bezahlt. An diesem sonnigen Herbsttag lehnte er sich auf dem Gartensessel im Park vor seiner Villa entspannt zurück und genoss einen kühlen Weißburgunder. Der Steuerberater Carl Heidrich, ein gutmütiger Weggefährte, der einige Jahre jünger war als Wilhelm und ständig seine Brille zurechtrückte, setzte sich, mit einigen Aktenordnern ausgerüstet, zu ihm. Die Zahlen des dritten Quartals sollten besprochen und die Notwendigkeit der Einstellung zusätzlicher Mitarbeiter überprüft werden, denn die Lieferzeiten in der Sparte Hebeanlagen waren so lang, dass Aufträge verloren gingen.

Erika hantierte mit Arbeitshandschuhen und einer Schere bewaffnet an den Rosen und sang das Volkslied: „Sah ein Knab ein Röslein stehen", vor sich hin. Wilhelm hörte es gern, wenn sie ihre hohe, reine Stimme erklingen ließ, damit verstärkte sie sein Wohlbefinden, und er warf ihr einen aufmunternden Blick zu.

Die Krise bei der Schlegel-Hydraulik GmbH, die das Blockex und der Prokurist Rossmann ausgelöst hatten, war überwunden und die Firma machte wieder zufriedenstellende Gewinne. Dazu leistete auch Boris einen wesentlichen Beitrag, der mehr und mehr Verantwortung vom alternden Wilhelm übernehmen wollte. Er trat nach einem hervorragenden Staatsexamen in die Firma ein, avancierte schon bald zum Prokuristen und erledigte seine Aufgaben erfolgreich, mit Fleiß, Durchsetzungsvermögen und Kostenbewusstsein. Er wollte, wie sein Vater, einen Doktortitel erwerben, aber er war schon so stark in das Alltagsgeschäft eingebunden, dass er wenig Zeit und Interesse zeigte, sich der Forschung zu widmen. Er beschaffte sich die Forschungsergebnisse zu einem ähnlichen Thema und übertrug diese, ohne Forschung, auf sein Thema und beauftragte einen Ghostwriter dieses Ergebnis nach den Regeln der Wissenschaft zusammenzufassen. Die notwendige Erklärung, er habe diese Arbeit selbst verfasst, unterschrieb Boris ohne zu zögern, und in der mündlichen Darlegung der Arbeit vor der Prüfungskommission machte er einen sehr überzeugenden Eindruck.

Der frischgebackene Doktor wurde im väterlichen Golfclub schnell beliebt. Er war gutaussehend, witzig und stets gut gelaunt, seine markanten Ohren schienen alles mithören zu können. Bei Frauen stand der Junggeselle hoch im Kurs, jedoch bei Mitarbeitern und Geschäftspartnern war er gefürchtet. Erika bemühte sich ihm eine warmherzige und gerechte Mutter zu sein, aber sie fand keinen emotionalen Zugang zu ihrem ältesten Sohn. Schon in seinen Kindheitstagen war sie befremdet von seiner gefühlsarmen und berechnenden Handlungsweise. Hingegen war Volker, ihr jüngster Sohn, schwächlich und gutmütig, wie ein Schaf und erforderte ihre ganze Aufmerksamkeit. Seine schulischen Leistungen waren schwach, auch weil der Schulbesuch durch seine Krankheiten oft ausfallen musste. Durch ihre guten Beziehungen hatte sie ihm, nach Beendigung der Schule, einen Platz im Musikkonservatorium beschaffen können und beim Klarinette spielen konnte der zerbrechliche Sprössling aufblühen und sich von seiner Mutter etwas lösen. Das Thema: Silke, war seit ihrer Hochzeit mit dem ungetreuen Prokuristen Rossmann im Hause Schlegel mit einem Tabu belegt, nur Erika rief am Geburtstag ihrer Tochter heimlich dort an.

Wilhelm informierte sich über die neuesten Auftragseingangszahlen, die Bankkontenstände, die Deckungsbeiträge der einzelnen Sparten, die Höhe der Lagerbestände, die getätigten und geplanten Investitionen und schließlich die Personalkosten. Wie immer bei diesem Thema, regte er sich über die viel zu hohen Personalnebenkosten auf und über den unseligen, sozialistischen Einfluss bei der deutschen Gesetzgebung. Dann erhob er sich, klagte über Schwindelgefühle und lief auf die Villa zu, um die Toilette aufzusuchen. Auf der Terrassentreppe knickte er ein, er versuchte sich am Geländer festzuhalten aber rutschte auf dem Rücken einige Stufen abwärts. Erika schrie laut auf, warf ihre Schere fort und rannte quer durch das Rosenbeet direkt zu ihrem gestürzten Mann. Der herbeigerufene Notarzt diagnostizierte einen Herzinfarkt und Wilhelm wurde im Krankenwagen mit Blaulicht ins Krankenhaus eingeliefert.

Die besorgte Erika wachte beharrlich an seinem Krankenbett, bis er wieder ansprechbar war. Nach einigen Tagen stabilisierte sich sein Zustand wieder, aber es wurde deutlich, dass auf der rechten Körperseite Lähmungserscheinungen zurückbleiben werden, und der Patient konnte nur mit einer Gehhilfe das Krankenhaus verlassen.

In den folgenden Monaten bemutterte Erika ihren Mann wie ein Kind, half ihm beim Anziehen, stützte ihn beim Laufen und wickelte eine Decke um ihn beim Fernsehen. Nach einiger Zeit wurde jedoch klar, dass der Patriarch seine Geschäftstätigkeit nicht mehr aufnehmen konnte, und die Senioren entschlossen sich die Schlegel-Hydraulik GmbH auf ihren Sohn Boris zu übertragen, seine beiden Geschwister erhielten einen kleinen Anteil an der GmbH und sollten später einmal die Villa erben. Die Sicherheitsübertragung der Villa wurde wieder rückgängig gemacht, gegen den heftigen Widerstand der Bank, obwohl sie inzwischen über hinreichende andere Sicherheiten verfügen konnte.

Wilhelm verfolgte die Maxime: „Leben und leben lassen", und er war mit der erzielten Umsatzrendite von vier Prozent zufrieden. Bei einer Eigenkapitalquote von vierzig Prozent wurde sein in die Firma eingebrachtes Eigenkapital mit einem weit über den von Banken angebotenen Zinssatz vergütet.

Boris hatte andere Vorstellungen von einer erfolgreichen Firmenstrategie, er wollte die Umsatzrendite innerhalb von zwei Jahren verdoppeln und eine Holding gründen, mit Sitz in der steuerbegünstigten Schweiz. Dort sollten weitere Aktivitäten zusammengefasst werden, die vorher von Sublieferanten ausgeführt wurden. Die bestehenden Sparten wurden aufgelöst und durch Profitcenter, nach amerikanischem Muster, ersetzt, die wie eine Firma innerhalb der Firma agieren sollten. Die Verwaltung und die Ablauforganisation bei der Fertigung wurden gestrafft, und einige Arbeitsplätze wurden durch den Einsatz von Automaten ersetzt. Langjährige, ältere

Mitarbeiter wurden entlassen, und für die verbleibenden Arbeiter wurde eine Prämie in Aussicht gestellt, falls sie die ehrgeizigen Ziele erreichen sollten. Das Betriebsklima veränderte sich, engagierte, kreative Mitarbeiter, die früher Anregungen zur Produktinnovation gaben, mutierten zu Fachidioten im Akkord, die nur ihr Profitcenter und die Prämie im Blickfeld behielten. Die Angst vor Entlassung und dem unberechenbaren Boris führten zu einem Belauern der Kollegen untereinander und zu einem Buckeln nach oben, der Krankenstand stieg an. Das Arbeiten in der Schlegel-Hydraulik GmbH war durch Angst, Missgunst, Demütigungen und Überforderungen gekennzeichnet und machte keinen Spaß mehr. Es war weit davon entfernt, Erfüllung zu schenken, die Mitarbeiter sehnten sich nur noch nach Urlaub oder dem Ruhestand.

Von der Entlassungswelle betroffen war der Spartenleiter Absperrvorrichtungen Alex Hahn, der seit vierundzwanzig Jahren im Unternehmen beschäftigt war. Er erhielt zwar eine Abfindung, die jedoch bald aufgezehrt war, denn im Alter von fünfundfünfzig Jahren war es praktisch unmöglich eine neue Anstellung zu finden. Um das Studium seiner Tochter finanzieren zu können, hatte er vor einiger Zeit eine Hypothek auf sein Einfamilienhaus aufgenommen, die abgetragen werden sollte, bis zu seinem Ruhestand. Nach dem Auslaufen des Arbeitslosengeldes war er nicht mehr in der Lage Tilgung und Zinsen zu zahlen. Als die Bank Kenntnis von seiner Arbeitslosigkeit erlangte, wollte sie die Hypothek nicht verlängern und stellte diese sofort fällig. Das Haus musste schnell zu einem schlechten Preis verkauft werden, die Tochter war gezwungen ihr Studium abzubrechen. Das Lebensziel des tüchtigen Alex Hahn zerplatzte, wie eine von einem Kind geblasene Seifenblase im Wind. Es blieb ein gebrochener Mann zurück.

Die Kosten für die Gehäusefertigung durch den langjährigen Sublieferanten Tucher GmbH waren Boris ein Dorn im Auge, und er wollte die Gehäuse im eigenen Hause fertigen. Eine Eigenfertigung würde jedoch hohe Investitionen erforderlich machen und eine lange Vorbereitung. Boris entwickelte eine alternative Strategie, die ihm den Gehäuselieferanten zuspielen sollte, wie Treiber bei einer Treibjagd dem Jäger das Wild zuführen, das dann abgeschossen wird. Er platzierte einen Gehäusegroßauftrag mit kurzer Lieferzeit bei der Tucher GmbH, der seinen gesamten Jahresbedarf abdeckte. Alfred Tucher war ein großer, üppig proportionierter, pragmatischer

Mann, in seinem Gesicht und an seinen Händen zeugten tiefe Furchen von einem arbeitsreichen Leben. Um diesen Auftrag abarbeiten zu können, musste er zusätzliche Mitarbeiter einstellen, den Maschinenpark auf Großauftrag umstellen und die Aufträge von vielen Kleinkunden ablehnen. Kurz nach Auslieferung der Gehäuse erteilte Boris einen weiteren Großauftrag, der an die Zusicherung der Tucher GmbH geknüpft war, hinreichende Kapazitäten für weitere Großaufträge bereitzuhalten. Herr Tucher vertraute auf die langfristige, gute Zusammenarbeit mit Wilhelm und die lockenden Gewinne aus dem Auftragssegen der Schlegel-Hydraulik GmbH, er stellte seine Produktion ganz auf Großserien um und brach die Kontakte zu seinen kleinen Altkunden ab.

Als der Lagerleiter von den Großaufträgen erfuhr, machte er Boris aufgeregt auf die drohende Überbevorratung aufmerksam und auf seine Schwierigkeiten bei der Einlagerung dieser Gehäusemengen.

„Gehäuse kann man auch im Freien lagern, nutzen sie die Gehäuse doch als Blumenvasen, aber verschonen sie mich mit Ihren Alltagsproblemen", kam die wenig hilfreiche Antwort.

Den dritten Großauftrag stornierte Boris noch vor der Auslieferung, und es erfolgte kein einziger weiterer Auftrag mehr. Die Tucher GmbH hatte auf Großserie umgestellt und entsprechendes Material bevorratet, den Kontakt zu Altkunden abgebrochen und stand nun ohne jeden Auftrag da. Die Materiallieferanten verlangten Bezahlung, die Mitarbeiter konnten nicht kurzfristig entlassen werden, und die Raten für die zusätzlich angeschafften Maschinen wurden fällig, Herr Tucher hatte ein massives Liquiditätsproblem.

Zu dieser Zeit führte Boris ein Gespräch mit dem Filialleiter Herrn Täuscher von der Hausbank der Tucher GmbH, bei der auch die Schlegel-Hydraulik GmbH ein Konto führte: „Lieber Herr Täuscher, wir blicken auf eine langjährige, bewährte Zusammenarbeit mit Ihrem Bankhaus zurück, und unser Geschäftsvolumen hat sich kräftig ausgeweitet. Vom Ihrem Herrn Dr. Bruckner, der im Bankaufsichtsrat sitzt, und mit dem ich oft Golf spiele, habe ich erfahren, dass Sie für die Beförderung zum Leiter Süd vorgeschlagen wurden. Darüber freue ich mich sehr, und ich könnte mich für Sie einsetzen, auch wenn ich Sie hier vermissen würde."

„Ja, ja, Dr. Bruckner hat das einmal angedeutet für den Fall, dass unsere Filiale ihr Geschäftsvolumenziel in diesem Jahr erreichen sollte", antwortete Herr Täuscher, rieb sich verlegen die Hände und starrte gebannt auf seine Schuhspitze, als hätte er dort eine Vision entdeckt.

„Wir machen uns Sorgen um die Zuverlässigkeit unseres Sublieferanten Tucher, der wohl ein *massives Liquiditätsproblem* hat, und der eine Reihe von Kunden verloren hat. Wenn die Bank bei dieser misslichen Lage seine Kreditlinie noch erweitern würde, kann das leicht schiefgehen und bleibt dann am Filialleiter hängen und rückt den Leiter Süd in weite Ferne. Hingegen sind die Gebühren bei der Abwicklung einer Firmeninsolvenz sehr lukrativ für ihre Filiale und trägt kräftig zu ihrer Zielerreichung bei. Die Schlegel-Hydraulik GmbH würde sich dann stärker an Ihr Bankhaus binden und unsere Abwanderungspläne entbehrlich machen. Denken Sie einmal darüber nach!" Boris beendete das Gespräch mit einem vertraulichen Schulterklopfen.

Die Bank lehnte eine Erweiterung der Kreditlinie ab, obwohl hinreichende Sicherheiten vorhanden waren, und die Rückgewinnung der Altkunden nachgewiesen werden konnte. Die Tucher GmbH wurde zahlungsunfähig und *musste Insolvenz anmelden.* Als Alfred Tucher das Schreiben des Insolvenzverwalters in der Hand hielt, blieb er zunächst bewegungsunfähig an seinem Schreibtisch sitzen, dann sprang er wie besessen auf und schlug immer wieder mit seinem Kopf an seine Bürotür, als sei diese verantwortlich für sein Elend.

Seine Ehefrau offenbarte ihm mit weinerlicher Stimme, nachdem er sie über das Insolvenzverfahren unterrichtet hatte: „Das ist vielleicht gut so, dann hört endlich die Schinderei auf. Ich musste nächtelang Rechnungen schreiben und Buchungen vornehmen, wir sind in den letzten zehn Jahren nicht einmal in Urlaub gefahren, unser Sohn kennt uns kaum noch. Wofür soll das alles gut sein, wenn nicht einmal etwas übrig bleibt? Unsere Ehe ist schon seit Jahren auf dem Nullpunkt, und es gibt jetzt keinen Sinn mehr sie weiterhin aufrechtzuerhalten!"
Sie knallte ihren Buchungsordner auf den Boden und flüchtete weinend aus dem Büro.
Der Insolvenzverwalter leitete die Versteigerung der Tucher GmbH ein, und da es nur wenige Interessenten gab, konnte Boris die Firma für einen Bruchteil ihres Marktwertes ersteigern und in die Schlegel-Holding einbringen. Die Tucher GmbH firmierte nun unter Schlegel-Casing GmbH und wurde nach dem gleichen Muster wie die Mutterfirma umgekrempelt.
Alfred Tucher musste erfahren, dass seine Frau ihn endgültig verlassen wird und langjährige Mitarbeiter entlassen wurden und nun arbeitslos waren. Er war verzweifelt, denn er fühlte sich verantwortlich für seine Mitarbeiter und war ihnen wie ein Freund verbunden. Alfred Tucher stieg auf das Dach des Verwaltungsgebäudes und stürzte sich in die Tiefe. Sein

aufklatschender Körper hinterließ eine Blutlache vor dem Eingang zu seiner ehemaligen Firma, die ein Zeichen setzte, wie ein Mahnmal. Er verstarb noch auf dem Transport in das Krankenhaus.

Boris kommentierte seinen Tod mit dem Satz: „Das Leben bestraft die Versager."

Für die angestrebte Umsatzsteigerung hatte sich der neue Boss eine eigenwillige Strategie zu Recht gelegt. Er hatte beobachtet, dass die Dichtungen der Ventile sehr unterschiedliche Standzeiten aufwiesen. Er wählte, gegen den Rat seines Fertigungsleiters, die Dichtung mit der geringsten Haltbarkeit aus, obwohl diese etwas teurer war, sie sollte nur die Garantiezeit überstehen und dann bald undicht werden. Zum Dichtungswechsel musste das Ventil total zerlegt werden, die Reparaturkosten beliefen sich auf siebzig Prozent des Neupreises, daher entschlossen sich viele Kunden zu dem umsatzsteigernden Kauf eines neuen Ventils.

Wilhelm konnte sich um die Geschäftsführung nicht mehr kümmern, aber über seine Kontakte ließ er sich über die Vorgänge in seiner alten Firma unterrichten. Er war vom Freitod Alfred Tuchers tief erschüttert. Er hatte ihn, trotz mentaler Unterschiede, als Geschäftspartner sehr geschätzt. Der Vater gewann die Überzeugung, dass Boris eine Mitschuld

an Alfreds Tod trug. Als er darüber hinaus von der selbstgemachten Qualitätsverschlechterung seiner Ventile Kenntnis erhielt, suchte er das Gespräch mit seinem Sohn:
„Ein Unternehmen wird nur erfolgreich sein, wenn es ihm gelingt eine *langfristige Kundenzufriedenheit* zu erzeugen. Du machst genau das Gegenteil. Unsere miserable Produktqualität wird die Kunden bald in die Arme der Konkurrenz treiben!"
„Das ist eine oberflächliche und verstaubte Betrachtungsweise. Auch in anderen Branchen ist die *geplante Obsoleszenz* ein erfolgreiches Mittel zur Umsatzsteigerung, und die ist dir doch auch willkommen. Die Zeiten haben sich geändert, die Kunden wollen weiterentwickelte Produkte mit einer Garantiezeit und keine reparaturanfälligen, alten Monster", erwiderte Boris kalt, ohne von seinem Bildschirm aufzublicken.
„Ich bin also verstaubt, wenn ich Produktqualität einfordere. Ich will Dir einmal etwas sagen, Produktqualität ist das *Fundament*, auf dem unsere Firma steht. Deine kurzfristigen Erfolge belasten künftige Geschäfte und leiten den Untergang ein!"
Boris blickte immer noch nicht vom Bildschirm auf und fuhr fort: „Unsere Welt ist schnelllebig, daher gilt es alle *kurzfristigen Chancen zu nutzen*, ob ich morgen erneut eine Chance bekommen werde, weiß ich nicht. Ich bin auch unseren

Kapitalgebern gegenüber verpflichtet eine gute Rendite zu erzielen, sonst ziehen sie ihr Kapital ab. Mit vier Prozent Umsatzrendite kann man niemanden mehr locken bei hohen Zinsen."

Wilhelm erhob sich aus seinem Sessel und seine Stimme nahm an Lautstärke zu: „Bisher waren alle Kapitalgeber mit unserer Rendite zufrieden, weil sie darauf vertrauen konnten hier eine langfristige Rendite zu erhalten. Glaubst Du jemand kauft morgen noch Deine *Wegwerfprodukte, die nur die Umwelt belasten?* Glaubst Du die guten Mitarbeiter harren bis morgen in Deinem Gruselkabinett aus? Du wirst morgen nur Duckmäuser beschäftigen und unzufriedene Kunden haben und Dich dann vom Dach stürzen, wie Alfred Tucher!"

Boris drehte sich jetzt zu seinem Vater um und wurde auch lauter: „Mein lieber Herr Vater, ich bin Dir immer am Arsch vorbeigegangen, nie hast Du Dich für mich interessiert! Hast Du mich getröstet, als mich die Kinder bei meiner Einschulung wegen meiner abstehenden Ohren hänselten, haben meine Eltern bemerkt, dass ich mein Sportabzeichen als Jahrgangsbester abgelegt habe und Mutter wieder einmal an Volkers Krankenbett Wache hielt, hast Du mich nach meinem Autounfall im Krankenhaus besucht? Nein! Jetzt aber, wo es

um Deine alte Firma geht und nicht um mich, willst Du mir sagen, was ich alles falsch mache?"
Wilhelm konnte diese Vorwürfe nicht zurückweisen, auch wenn sie seine Argumente nicht entkräften konnten. Er hatte seine Interessen und seine ganze Kraft in die Firma gesteckt, die auch für die Familie eine Quelle des Wohlstandes bilden sollte. Für die Kinder blieb wenig Zeit übrig. Er setzte sich wieder, als hätte der Lehrer seinen Schüler dazu aufgefordert, und bemerkte im gemäßigten Ton: „Ich mache mir Sorgen um Deine Zukunft, auch um die Absicherung Deiner Geschwister, denn Deine Strategie kann kein gutes Ende nehmen, und ich leide mit meinen ehemaligen Mitarbeitern."

Boris änderte seine Strategie nicht, sondern verschärfte seinen Rationalisierungsdruck und kaufte mit Fleiß weitere, angeschlagene Firmen hinzu, auch in Billiglohnländern und brachte sie in seine Schweizer Holding ein. Die Wiedervereinigung Deutschlands bescherte ihm ein reichhaltiges Sortiment von maroden, *ehemals Volkseigenen Betrieben, teilweise zum Nulltarif.* Die Treuhandgesellschaft war für die Reprivatisierung und Abwicklung der Betriebe aus der ehemaligen DDR verantwortlich, auch für intakte Betriebe. Boris verfügte über gute Kontakte zu Mitarbeitern der

Treuhand und hatte Kenntnis von lukrativen Objekten, bevor sie offiziell ausgeschrieben wurden. Als Belohnung bot er den ungetreuen Treuhandmitarbeitern, deren eigene Arbeitsverträge nur befristet waren, Direktorenposten in den erworbenen Firmen an. Entstehende Verluste bei einigen Neuerwerbungen schmälerten den Gewinn der Schlegel-Hydraulik GmbH und damit die Anteile seiner Geschwister. *Durch buchhalterische Tricks ließ er Gewinne fast ausschließlich in der steuerbegünstigten Schweizer Holding entstehen.* Konnten, trotz aller Manipulationen, die Gewinne des Mutterhauses nicht mehr versteckt werden, dann wurde kurz vor Jahresende der Fuhrpark erneuert und der Mitarbeiterparkplatz asphaltiert. Boris wollte die durch seinen Fleiß erwirtschafteten Gewinne nicht mit seinen Geschwistern teilen, insbesondere nicht mit dem Klarinette spielenden Volker, den seine Mutter so ungerecht vorzog. Wie aus Trotz, tat Boris alles anders als sein Vater, um sich und dem Patriarchen zu beweisen, dass seine Strategie erfolgreicher war als die väterliche. Erfolg haben, Macht ausüben und viel Geld verdienen, dafür war Boris bereit seine Seele dem Teufel zu verkaufen und fast jede Schandtat zu begehen. Er hatte noch nicht erkannt, dass es bei jedem *Sieger* auch einen *Verlierer geben muss*, und er nicht immer siegen kann.

Als seine Freundin Gerda schwanger wurde, trennte er sich sofort von ihr und bot ihr das Geld für eine Abtreibung an. Sie wollte das Kind behalten. Daraufhin beauftragte er einen gutaussehenden Detektiv, der die verzweifelte und überforderte Frau überwachen sollte und in eine Situation locken sollte, die sie als leichtes Mädchen darstellt. Die dabei gemachten Bilder schickte er an Gerda mit der Aufschrift: „Könnte dieser Liebhaber auch der Vater sein?"

Gerda litt nicht nur unter ihrer zerbrochenen Liebe, der ungewollten Schwangerschaft und den Enttäuschungen in ihrer Familie, sie fragte sich auch: „Wie konnte ich einen solchen Fiesling lieben?" War ich mit Blindheit geschlagen, oder waren es die Verlockungen in der Welt der Reichen, die ihn so begehrenswert erscheinen ließen? Sie schrieb stolz zurück: „Mein Sohn wird von einem Fiesling, wie du einer bist, keinen Pfennig annehmen!"

Das war genau die Reaktion, die er provozieren wollte, denn er wollte die Früchte seiner Arbeit weder mit einem Sohn, noch mit einer Ehefrau teilen, er wollte ungebunden bleiben. Zu dem erfolgreichen Detektiv sagte er frohlockend: „Na also, da hat sich das Dummerchen doch noch einschüchtern lassen!"

Durch den Zukauf von Firmen konnte Boris den Umsatz innerhalb von zwei Jahren mehr als verdoppeln, und er machte von der Möglichkeit Gebrauch, die *lohnintensive Produktion in Billiglohnländer zu verlagern*. Es gab nur einen Fall, der mit einem Fiasko endete, der Kauf der maroden Punta Werke in Indien. Er hatte die wirtschaftshemmenden Faktoren dort unterschätzt: Eine willkürlich und langsam arbeitende Regierung, ein korrupter Beamtenapparat, ein Kastendenken und schlecht ausgebildete Mitarbeiter, verursachten Lieferverzögerungen, hohen Ausschuss und Verluste und machten eine Sanierung unmöglich.

Eine Firma, die seiner radikalen Umorganisation nicht folgte, wurde kurzerhand geschlossen, dabei wurden durch den getrennten Verkauf der Grundstücke und Gebäude, sowie der Maschinen oft Erlöse erzielt, die den Firmenkaufpreis überstiegen und dadurch *seinen Gewinn* und die *Arbeitslosigkeit* der Region emporschnellen ließen. Sein Ziel, eine Verdoppelung der Umsatzrendite innerhalb von zwei Jahren, konnte er erreichen und damit die Bonität seiner Firma bei den Banken steigern.

Im vierten Jahr seiner Regentschaft entschloss sich Boris die Schlegel-Hydraulik GmbH in eine *Aktiengesellschaft umzuwandeln*, um über zusätzliches Kapital für Firmenzukäufe und Produktneuentwicklungen verfügen zu können. Er wollte endlich einmal an großen Rädern drehen dürfen und aus dem Schatten seines Vaters heraustreten. Die GmbH-Anteile seiner Geschwister wurden in Aktien umgewandelt. Die Aktien der Schlegel AG wurden von den Finanzmärkten gut angenommen, und ihr Aktienkurs stieg schon in den ersten Wochen kräftig. Bei Wilhelm kam wenig Begeisterung für eine Aktiengesellschaft auf, und er warf Boris vor, seine alte Firma zum Spielball für Finanzjongleure zu machen.

Silke erfuhr über einen Notar von der Übertragung der elterlichen Firma auf Boris, für sie und ihren Bruder Volker war nur ein kleiner Anteil vorgesehen, sie fühlte sich ungerecht behandelt, und das steigerte ihren Hass auf Boris. Sie begann fieberhaft Informationen über die ehemalige Schlegel-Hydraulik GmbH und die Schlegel AG zu sammeln und überlegte, auf welche Weise sie die Herrschaft über die elterliche Firma erlangen und Boris abstrafen könnte. Als Joachim wieder einmal in seiner Frankfurter Residenz auftauchte, wollte er eigentlich ein verschmustes Wochenende erleben, aber sie wich katzenhaft aus und hielt ihn hin. Sie lenkte seine Aufmerksamkeit auf die Schlegel AG.

Er fühlte sich etwas zurückgesetzt und hatte wenig Lust über Geschäfte zu reden: „Die Umwandlung in eine Aktiengesellschaft ist glatt über die Bühne gegangen, dein Vater kann stolz auf seinen Sohn sein."

„Könnte das nicht ein interessantes Objekt für Euren Hedgefonds sein?"

„Das ist ein kleiner, gesunder Laden, Peanuts, nicht unser Beuteschema", antwortete er gelangweilt, goss sich einen Whisky ein und versuchte erneut eine Annäherung.

„Auch Peanuts können satt machen. Nenne es Nostalgie oder Rache, ich interessiere mich für die elterliche Fabrik, ich fühle mich von meinem Bruder über den Tisch gezogen, und ich will die Firma unbedingt haben."

Sie rutschte näher an ihn heran und sah ihm erwartungsvoll in die Augen.

„Sie zu kaufen ist keine lohnende Investition, da musst Du Dir etwas Originelleres einfallen lassen."

„Genau dafür wollte ich Deine Hilfe erbitten, Euer Fonds hat doch einige Möglichkeiten", flötete sie und strich über sein Haar.

„Hi, hi, wenn Du eine Firma haben willst, dann verdiene sie Dir, hi, hi, mache Dir ein Schild um mit der Aufschrift „sammeln für Schlegel" und stelle Dich in der Hauptstraße auf." Der Gedanke amüsierte ihn, wie ein Kind beim Auftritt des Clowns im Zirkus. Dann lachte er laut auf und konnte vor Heiterkeit kaum noch weitersprechen: „Besser noch, hi, hi, Du ziehst Dir einen Bikini an, bindest Dir auf einem Auge eine Augenklappe um, eine Justitia, die zum Piraten verkommen ist, und bettelst am Hauptbahnhof für die notleidende Schlegel AG. Wenn du mehr als fünf Mark in einer Stunde einnimmst, dann lasse ich die eifrigen Geister aus unserem Gruselkabinett frei und serviere Dir Deine alberne Schlegel AG auf dem Silbertablett."

Seine Forderung war kindisch und Silke hatte wenig Neigung diesem blöden Wunsch nachzukommen, aber sie wusste, dass er die Macht und den Willen hatte, sein Versprechen einzulösen. Wie eine Furie stürzte sie sich auf ihr Ziel, Rache zu nehmen und die elterliche Firma zu beherrschen. Es war kalt am Hauptbahnhof im November, also zog sie sich zu dem Bikini ein Paar warme Stiefel an und hängte sich ein großes Pappschild um, das einen Teil ihrer nackten Haut verdeckte. Es trug die Aufschrift „Spende für die notleidende Schlegel AG", die Firmenbezeichnung schrieb sie klein und schlecht leserlich. Die weiblichen Passanten straften die ungewöhnliche Bettlerin mit Blicken tiefer Verachtung, einige ältere Männer boten an, sie könne sich eine lustbringende Spende verdienen, die vorbeieilenden Kinder lachten und zitterten mit ihr, Joachim kam pfeifend heran und blickte amüsiert in die leere Sammelbüchse. Silke wollte keinen Misserfolg riskieren, daher hatte sie sicherheitshalber eine Freundin gebeten vor Ablauf der Stunde ein Fünfmarkstück in ihre Büchse zu legen, es blieb die einzige Spende. Joachim ahnte, dass bei der Spende nachgeholfen wurde, aber er spielte auf der Klaviatur, die sich für Übernahmekandidaten bewährt hatte.

Schon am nächsten Tag erhielt Boris einen Anruf von dem Ghostwriter seiner Doktorarbeit, er sei in finanziellen Schwierigkeiten, und er verlangte für sein weiteres Schweigen zweihunderttausend Mark, andernfalls würde er auspacken. Boris lehnte die Zahlung ab, da ihr weitere folgen würden. Daraufhin wurde ein Verfahren zur Aberkennung seines Doktortitels eingeleitet.

Eine Woche später sah Boris zufällig im Fernsehen eine Talkshow, da wurde sein Hausarzt befragt zu Gerüchten über einen bevorstehenden Wechsel in der Führungsspitze der Schlegel AG. Zwiespältig, wie beim Orakel von Delphi, antwortete der wackere Mediziner und genoss sichtbar seinen Auftritt im Fernsehen: „Die ärztliche Schweigepflicht erlaubt mir nicht über den Gesundheitsstand von Herrn Dr. Schlegel

Auskunft zu erteilen. Ich kann aber die Notwendigkeit eines Führungswechsels nicht ausschließen."

Das Finanzamt meldete eine Sonderprüfung an, die durch eine anonyme Anzeige erforderlich sei. Die Finanzbeamten verfügten über Details bei einzelnen Firmenübernahmen und machten eine Steuernachzahlung geltend, die zum vorgegebenen Zeitpunkt nicht aufgebracht werden konnte. Die Banken wollten kein zusätzliches Geld zur Verfügung stellen, daher versuchte Boris eine Fristverlängerung beim Finanzamt zu erwirken.

Eine namhafte Firma forderte die sofortige Einstellung der Produktion von Hebevorrichtungen durch die Schlegel AG, da eines ihrer Patente verletzt worden sei.

Die Finanzdienste rieten dringend vom Kauf der Schlegel AG Aktien ab. Die Anleger ließen die Aktien wie eine heiße Kartoffel fallen, der Kurs stürzte von Tag zu Tag weiter ab. Über Strohmänner wurden scheibchenweise Schlegel AG Aktien erworben und nach einigen Wochen stand dem Hedgefonds eine Aktienmehrheit zur Verfügung.

Die Unregelmäßigkeiten, die bei der Steuerprüfung aufgedeckt wurden, führten zu einer Anklage gegen Boris wegen Urkundenfälschung und Betrugs. Er wurde zu einer hohen Geldstrafe verurteilt und war als Geschäftsführer nicht mehr tragbar und wurde entlassen. Früher saß er bei Entlassungsgesprächen immer an der anderen Seite des Schreibtisches.

Der neue Mehrheitsaktionär löste nach globalen Gesichtspunkten einzelne Geschäftsfelder der Schlegel AG auf, ordnete andere den schon bestehenden Gesellschaften zu und verkaufte einige Firmen, reorganisierte andere und löste die Schlegel AG auf.

Joachim machte sein Versprechen wahr und bot Silke die, aus der Schlegel AG ausgegliederte, Fabrik ihrer Eltern am Standort Leonberg an, zu einem Bruchteil ihres Marktwertes. Silke verfügte inzwischen über hinreichende Finanzmittel zum Schnäppchenkauf der Schlegel-Hydraulik GmbH. Sie hatte endlich ihr Ziel erreicht und fühlte Genugtuung für die als Demütigung durch ihre Familie empfundene Behandlung. Silke war nun Fabrikbesitzerin und schäumte über vor Glück. Der mächtige Joachim stieg in ihrer Gunst wie eine abhebende Rakete. Sie gab sich ihm hin, nicht nur aus Dankbarkeit.

Kapitel 5
Die Drilltec GmbH entsteht

In Erwins Klause war es wieder laut, kalter Zigarettenrauch und der Geruch von Bier erfüllten die Gaststube. In einer Ecke saßen zwei Männer über eine Zeichnung gebeugt und sprachen gestenreich miteinander. Am Nebentisch kippte Günter Rossmann sein fünftes Bier herunter und wollte heimwärts schwanken, als er einige Gesprächsfetzen vom Nebentisch erhaschte und hellhörig wurde. Er wischte sich den Bierschaum vom Mund, ordnete sein Jackett und setzte sich aufrecht hin, um mehr von der Diskussion zu erlauschen. Man sprach von einer neuen Bohrtechnik, die jetzt serienreif sei, aber die Finanzierung schien problematisch.

Günter hatte keine Anstellung gefunden, ihm war das Sorgerecht entzogen worden, er konnte seinen geliebten Sohn nur heimlich aus der Ferne beobachten, wenn das Kind zur Schule ging. Silke hatte den Kontakt zu ihm abgebrochen, und er lebte in einem spärlich möblierten Zimmer zur Untermiete von der Sozialhilfe. Er kam regelmäßig in Erwins Klause, weil der Gestank und der Lärm immer noch leichter zu ertragen waren als die Einsamkeit in seinem hässlichen Zimmer. Er fühlte sich von der Welt verlassen, gab sich dem Alkohol hin und hatte nichts mehr zu verlieren. Das Gefühl übermannte ihn, wenn ein Mensch noch so tief gefallen sein mag, dann kann er trotzdem noch tiefer fallen. Er ging an den Nebentisch, stellte sich als Finanzmakler vor und warf einen sachkundigen Blick auf die ausgebreitete Zeichnung:

„Ich sehe in der *horizontalen Bohrtechnik* das Potential für außerordentliche Gewinne, wir sind auf zukunftsträchtige Technologien spezialisiert, und wir möchten mit Ihnen ins Gespräch kommen", dabei deutete er auf die Zeichnung und lehnte sich mit verschränkten Armen schweigend zurück, wie ein Lehrer, der eine schwere Prüfungsfrage gestellt hat.

Die beiden Herren musterten Günter zunächst ungehalten, weil er ihr Gespräch unterbrochen hatte, und er mit seinem unrasierten Gesicht und dem fleckigen Hemd als Bankfachmann wenig überzeugend wirkte. Ihr über Jahre entwickeltes Projekt drohte an der Finanzierung zu scheitern, sie blickten sich an, nickten und beschlossen diesem Versuch eine Chance zu geben.

„Wir möchten uns zunächst vorstellen, mein Name ist Paul Habicht, an meiner Seite sitzt Dieter Pohl, wir kennen uns von der Uni her und haben gemeinsam ein horizontales Bohrsystem entwickelt. Kennen Sie sich in dieser Technik aus?"

Günter kam einen Schritt näher und drückte beiden flüchtig die Hand: „Mein Name ist Günter Rossmann, ich habe viele Jahre technisch erklärungsbedürftige Produkte vermarktet, und ich verfüge über gute Kontakte zum Mittelstand und zu Banken. Darf ich einmal?", er zog die Zeichnung zu sich hin und betrachtete sie einen Moment, dann stellte er eine sachkundige Frage: „Das horizontale Bohren im sandigen Grund wird gut funktionieren, aber wie wollen Sie den Bohrkopf an einem festen Hindernis, wie einen Felsen oder ein Rohr im Boden, vorbeiführen?"

Seine Gesprächspartner verharrten einen Augenblick schweigend, sie waren überrascht, dass Günter auf Anhieb ihr Kernproblem erkannt hat, und sie fassten den Mut sich ihm weiter zu öffnen: „Unser patentierter Bohrkopf ist mit Sensoren ausgestattet, die jedes Hindernis erkennen können. Wenn das Hindernis nicht zu groß ist, kann die Bohrung daran vorbeigelenkt werden. Wir haben das in einer Probebohrung unter Beweis gestellt."

„Erfolgreiche Probebohrungen sind faszinierend für einen Entwicklungsingenieur, der potentielle Kunde will Referenzen haben und einen Beweis für die Praxistauglichkeit", gab Günter mit ernster Miene zu bedenken, setzte sich an den Tisch und bestellte ein Mineralwasser.

Dieter Pohl, der sich bisher zurückhielt, ergriff nun das Wort: „Wir haben keinen Auftrag, und wir fürchten, dass bei

Auftragserteilung unsere Probemaschine zu schwach dimensioniert sein würde, für die verstärkte Version fehlt uns das Geld."

„Wo ein Wille ist, da ist auch ein Weg. Kann die vorhandene Maschine eine Straße ohne Felsen, aber mit Abwasserleitungen und mit Starkstromkabeln auf dreißig Meter unterqueren und ist die Maschine sofort einsatzbereit?"

Beide sprangen auf und antworteten wie aus einem Mund: „Kein Problem."

Günter schlürfte lustlos an seinem Mineralwasser, während er nachdachte, dann schnellte er hoch, als habe seine Fußballmannschaft ein Tor geschossen: „Ich habe da einen Kunden, der auch eine gute Referenz darstellen würde, die Stadt Leonberg! Wenn wir dreißig Prozent unter den kalkulierten Kosten einer konventionellen Kabelverlegung bleiben, mit Straße öffnen, werden wir uns werbewirksam *als Helden feiern lassen!*"

Günter benutzte die Formulierung, *wir*, als sei er schon ein Mitglied der Firma.

„Wenn wir diesen Auftrag erhalten, den wir zur Zufriedenheit der Stadt abwickeln werden, dann soll es Ihr Schaden nicht sein", versprach Paul Habicht.

„Wir könnten dann zusammen eine GmbH gründen, und die Finanzierung einer größeren Maschine wäre kein Problem mehr", schlug Günter vor, der sich schon genaue Vorstellungen über seine künftige Vorgehensweise ausmalte.

Am nächsten Tag rief er seinen ehemaligen Kollegen Arnold an, der inzwischen Projektleiter des Projektes, Stadterweiterung Süd-West, war. Günter hatte in Erfahrung gebracht, dass sein Budget überschritten war, und der Fertigstellungstermin nicht eingehalten werden konnte. Er bot an, bei einer Lösung mitzuwirken und vereinbarte ein Treffen. Arnold ergriff dankbar diese Möglichkeit der Kostenreduzierung und Terminverbesserung und erteilte den Auftrag. Wie versprochen, wurde der Auftrag mit der Horizontalbohrmaschine kurzfristig und zufriedenstellend abgewickelt. Günter hatte es verstanden die Presse für diese neuartige und erfolgreiche Bohrmethode zu interessieren, und er hatte eine wohlwollende Pressemitteilung vorbereitet, die fast wörtlich von dem Journalisten übernommen wurde. Der Projektleiter war sehr zufrieden mit der Ausführung und erteilte sofort weitere Aufträge über Straßenunterquerungen im Rahmen der Stadterweiterung Süd-West. Die Bohrmaschine war bis zum Jahresende ausgebucht, und es wurden gute

Gewinne erzielt, trotz einiger technischer Pannen. Die Bohrstangen brachen ab, bei einer Änderung des Bohrwinkels, die Ersatzbeschaffung nahm Zeit in Anspruch, erhöhte die Kosten, und die Bedienungsmannschaft stand dann nutzlos herum. Günter vermittelte einen Lieferanten, der einen elastischeren Stahl benutzte, und die Standzeit der Bohrstangen konnte erheblich verbessert werden. Sein Mitwirken in der Zeit der Erprobung und Einführung des horizontalen Bohrsystems wirkte sich sehr positiv aus, und das Vertrauen in seine Fähigkeiten stieg. Als er seinen Gedanken der Gründung einer GmbH wieder aufgriff, waren alle begeistert: „Ich schlage vor die Gesellschaft, Drilltec GmbH, zu nennen, um unsere internationale Ausrichtung zu zeigen, jeder von uns erwirbt ein Drittel der Anteile."

„Ja, ist es denn so einfach eine GmbH zu gründen, was muss man dafür tun, und was kostet das?", fragte der in solchen Dingen unerfahrene Dieter.

„Der GmbH-Vertrag wird von einem Notar abgefasst, der auch den Antrag beim Amtsgericht stellt, das notwendige Gründungskapital beträgt mindestens zwanzigtausend DM, also für jeden von uns sechstausendsechshundertsiebenundsechzig DM. Ich schlage vor, dass ich die Aufgaben des Geschäftsführers übernehme,

Paul wird Entwicklungsleiter, und Dieter ernennen wir zum Produktionsleiter."

Alle drei legten die Hände übereinander, damit wurde Günters Vorschlag besiegelt, und er wurde beauftragt die Gespräche mit dem Notar zu führen. Diese Gelegenheit nutzte er um den Gesellschaftsvertrag so zu formulieren, dass er, als Geschäftsführer, mit weitest gehenden Vollmachten ausgestattet wurde. Sein Problem bestand darin, den eigenen Anteil am Gründungskapital zu beschaffen, denn er hatte nur Schulden, und niemand würde ihm Geld leihen. Er erinnerte sich, dass er damals das Bankkonto für seine Exehefrau eröffnet hatte, und wahrscheinlich war seine Unterschriftsvollmacht noch gültig. Der letzte Kontostand belief sich auf zweitausenddreihunderteinundsechzig DM, aber das Konto durfte um fünftausend DM überzogen werden. Er war bei der Bank persönlich bekannt und hatte Bankvollmacht, es wurden ihm problemlos siebentausend DM ausgezahlt. Als er das Geld grinsend einsteckte, dachte er: „Lass ihr den Rest von dreihunderteinundsechzig DM, die arme Frau soll ja nicht mittellos werden."

Die bestehende Firma von Dieter und Paul wurde in eine GmbH umgewandelt, dabei verlas der Notar Dr. Selbring, ein älterer Herr mit einer markanten Narbe im Gesicht, die wohl noch aus seiner Zeit in einer schlagenden Verbindung stammte, den Vertragsentwurf:

„Vor mir sind heute, am 12 Juni 1992, erschienen und haben sich durch Lichtbildausweis legitimiert, die Herren...", er fuhr fort mit monotoner Stimme vorzulesen, die erkennen ließ, dass er einen ähnlichen Text wohl schon einige hundert Mal verlesen hatte. Seine langweilige Lesung bezog sich auf den Namen, den Sitz und den Gegenstand der GmbH, auf das zuständige Amtsgericht, das notwendige Grundkapital, alles Dinge, die seinen genervten Zuhörern vertraut waren. Der entscheidende Absatz über die Befugnisse des Geschäftsführers ging in seinem gebetsartigen Gemurmel unter. Als der Notar nach fünfzig Minuten endlich zu einem Ende kam, wurde der Vertrag ohne Änderungen unterschrieben, denn jeder hatte den Wunsch endlich dem mit Amtssprache angefüllten Raum zu entfliehen.

Die Gesellschaft konnte ordentliche Verkaufserfolge vorweisen und ein Patent wurde eingebracht. Die Bank räumte der Drilltec GmbH eine Kreditlinie von zweihunderttausend DM ein. Damit konnte die Anschaffung einer größeren und verstärkten Bohrmaschine in Angriff genommen werden, genau wie es Günter versprochen hatte. Er hielt es für sinnvoll das gesamte Bohrsystem, mit Antrieb, Bohrkopf,

Tunnelaussteifung und den erforderlichen Ersatzbohrstangen auf einen Lastwagen zu montieren, damit war das System flexibel einsetzbar und kostenintensive Bohrunterbrechungen konnten weitgehend vermieden werden. Die Bohreinheit wurde erfolgreich für 1,2 Mio. DM verkauft oder vermietet, die Produktionskapazität der Drilltec GmbH war über ein Jahr voll ausgelastet. Die Gewinne sprudelten kräftig und die drei Gesellschafter genehmigten sich üppige Gehälter. Diese Edelbohrer wurden auf Glanzpapierprospekten angeboten, die dieser Glitzerwelt einen exklusiven Rahmen verliehen. Die GmbH unterstützte großzügig und werbewirksam soziale Projekte, wie Kindergärten, Sportvereine und Kunstschaffende, sie erfreute sich steigender Beliebtheit, und ihr Umsatz stieg kräftig an. Günter verstand es alle wichtigen Entscheidungsträger zu persönlichen Freunden zu machen und lud sie auf exotische Partys und Reisen ein und bedachte sie großzügig mit Aufmerksamkeiten. Dadurch entstanden Abhängigkeiten. Lokalpolitiker und Bankdirektoren drängten darauf mit Günter fotografiert zu werden oder sich auf seinen Festen zu zeigen, denn er verstand es seine guten Kontakte zur Presse für die Imageförderung zu nutzen. Er wurde der mächtige Häuptling, den man gerne um Rat fragte und zum Freund haben wollte.

Kapitel 6
Liebe ermöglicht Wandel

Silke genoss in Frankfurt ein sorgloses Leben, ihr stand das Penthouse zur Verfügung, sie verdiente viel Geld mit Empfehlungen für Fonds und hatte neue Freundinnen gewonnen. Ihr Hobby, Tennisspielen, wurde durch Drachensegeln erweitert, und es war ihr angenehm, dass Joachim nur selten bei ihr aufkreuzte. Seine Macht flößte ihr Respekt ein, seine Lust war lästig, seine kindische Art ging auf die Nerven. Sie machte ausgiebige Einkaufsbummel, arrangierte Feste und unternahm Reisen in ferne Länder. Silke fühlte sich an ihrem dreißigsten Geburtstag pudelwohl und feierte ihn im Tennisclub mit ihrer neuen Clique. Ihr Leben war unkompliziert und angenehm. Nach einigen Jahren stellte sich jedoch Langeweile ein, viele Länder hatte sie schon bereist, der Schuhschrank quoll über, der Einkaufsbummel wurde fad, die Feste verursachten Kopfschmerzen und Schläfrigkeit am Folgetag, die Gesprächsthemen der Clique waren flach und beschränkten sich auf Reisen, Mode und Missgunst, und beim Tennisspielen hatte sie den Leistungszenit schon überschritten. Silke suchte nach einem Sinn in ihrem Leben, einer Tätigkeit, die sie ausfüllen konnte. Bei der Vermittlung von Fondsanteilen kam sie sich vor wie eine schlechte Schauspielerin, die einen Judaslohn kassierte. Es stellten sich immer öfter Krankheiten ein, der Rücken schmerzte, der Darm entzündete sich, sie litt unter Migräneanfällen, und ihre frauliche Ausstrahlung verblasste. Sie wurde von einer Sehnsucht erfasst, ihr Leben grundlegend zu ändern.

Joachims Machenschaften hatten ihr den Kauf der Schlegel-Hydraulik GmbH ermöglicht zu einem Bruchteil des Marktwerts. Eigentlich wollte sie sich nur an Boris rächen, aber mit dem Erwerb der Firma wurde sie Geschäftsführerin, obwohl sie keine blasse Ahnung von betriebswirtschaftlichen Zusammenhängen hatte. Sie hatte den Geschäftsführer, Herrn Hiller, eingesetzt, der die Geschicke der Firma lenkten sollte. Silke nahm nur unwillig an einigen Geschäftsbesprechungen teil, als Herr Hiller ihr jedoch eine hohe Investition vorschlug, deren Notwendigkeit sehr zweifelhaft war, gewann sie die Überzeugung, dass ihr Geschäftsführer in die eigene Tasche arbeiteten wollte. Durch ein stärkeres Engagement in der Schlegel-Hydraulik GmbH bot sich die Gelegenheit ihren Lebensalltag zu ändern. Sie fasste den Entschluss sich stärker selbst um ihre Firma zu kümmern.

Zunächst ließ sie den großen, etwas erhöht stehenden Schreibtisch ihres verhassten Bruders entfernen. Er wurde ersetzt durch eine nierenförmige Kombination aus Schreib- und Besprechungstisch. An diesen Tisch lud sie die Mitarbeiter ein, die sie noch aus der Zeit kannte, als ihr Vater Geschäftsführer war. Durch Einzelgespräche versuchte sie sich ein Bild über die Stimmungslage und die informale Organisationsstruktur in der Firma zu verschaffen. Dann belegte sie einen Intensivkurs in Betriebswirtschaftslehre und ein Seminar über kreatives Denken.

Die Seminarstühle waren kreisförmig angeordnet, und neben ihr saß ein kräftig gebauter, großer Bildhauer, der durch sein langes, wirres Haar und einen hufeisenförmigen Bart auffiel, sie schätzte sein Alter auf vierzig. Silke wurde von diesem Mann angezogen, der sich als Hugo Steinmann vorstellte, und sie fragte, nur um ihn zu necken, ob er eine Plastik schaffen könnte, die Arbeitsfreude in einem mittelständischen Betrieb veranschaulichen könnte. Er schmunzelte und malte auf seinen Seminarblock einen hammerschwingenden Arbeiter, der einem Füllhorn entstieg und bot an, ihr einige seiner Werke zu zeigen. Sein Atelier war in einem alten, großen Haus in Klinkerbauweise untergebracht, mit einem naturbelassenen

Garten und einem Hof, der von einem schattenspendenden Lindenbaum dominiert wurde. Große Fenster sorgten für viel Licht im Raum, der angefüllt war mit Skulpturen, Bildern, Stellagen, Steinblöcken, Hebevorrichtungen und Farbpaletten. In der großen Wohnung im hinteren Teil des Hauses standen zweckmäßige Holzmöbel und im Schlafzimmer lag eine riesige Matratze auf dem Boden, nur das Wohnzimmer wurde gekrönt von einer mit Schnitzereien verzierten, erlesenen Vitrine, in der edles Geschirr zu sehen war.

„Das Geschirr ist seit Generationen im Besitz unserer Familie und hat den Gebrauch von zehntausend Papptellern entbehrlich gemacht", verkündete er schmunzelnd, als sie die Vitrine wie ein Relikt aus vergangenen Zeiten bestaunte.

Die Besucherin war tief beeindruckt von seinen Werken, besonders gefiel ihr eine Skulptur, die er Versuchung nannte. Es waren zwei in Marmor gemeißelte, lebensgroße Figuren zu sehen, eine auf einem Stein sitzende, halbabgewandte Venus und ein, zu ihren Füssen sitzender Pan, mit Pferdefuß und Hörnern, der offensichtlich so verführerisch Flöte spielen konnte, dass sie ihm zuhören musste, gegen ihren Willen.

Hugo bot ihr einen Kaffee an, dabei erhitzte er Wasser in einem Kessel und goss es über ein mit Kaffee gefülltes Filter. Er servierte ihn in zwei Deckelbechern, die ihn warm hielten, im Hof unter dem Lindenbaum. Grillen zirpten, es duftete nach dem blühenden Jasmin, ein lauer Wind liebkoste die Haut, Silke fühlte sich wohl auch ohne die Klimaanlage, die sie von ihrem Frankfurter Penthouse gewohnt war. Ihre Migräne war wie weggeblasen von einem wohltuenden Wind.

Hugo legte seinen Hang zum einfachen Leben dar, der ihm nicht durch Geldmangel aufgezwungen wurde: „Jeder von uns sollte Sorge tragen, dass er einen möglichst kleinen Fußabdruck auf unserer Erde hinterlässt. Hoher Energieverbrauch, Benutzung von kurzlebigen Geräten, Befolgung von Modetrends und vermeidbare Transportkosten hinterlassen einen besonders tiefen Abdruck, und jeder hat die Möglichkeit diesem Ballastkonsum zu entsagen und damit unsere Umwelt zu schonen."

Silke mokierte sich zunächst über die armselige Ausstattung seines Hauses, denn sie verfolgte den Grundsatz, verdiene viel Geld, und gönne dir alles, was du dir leisten kannst und genieße die Bewunderung im Freundeskreis. Der Gedanke an die Notwendigkeit eines umweltgerechten Verhaltens und Überlebenschancen für künftige Generationen ist ihr nie gekommen. Ihr wurde schlagartig klar, dass ihr eigener Lebensstil einen besonders tiefen Fußabdruck auf der Erde hinterlässt, und in ihr keimte ein Schamgefühl auf. Die

Reumütige begann ihren Gastgeber zu bewundern, der das im Leben umsetzte, was er predigte.

Silke begann mit Fleiß in der Firma alle Maßnahmen, die Boris getroffen hatte, rückgängig zu machen. Zunächst machte sie einige Kündigungen rückgängig, dann richtete sie eine Kinderstube für ihre berufstätigen Mütter ein, und schließlich führte sie ein Qualitätsmanagement ein, das jeden Produktionsschritt dokumentierte und bestmögliche Qualität liefern sollte. Immer, wenn es ihre Zeit ermöglichte, eilte sie in das Atelier und begann, unter Hugos Anleitung, Skizzen mit einem Kohlestift zu zeichnen. Er war angetan von ihren Fortschritten und ermunterte sie, die markanten Besonderheiten eines Gesichts etwas übertrieben darzustellen.

Hugo musste eine wichtige Ausstellung besuchen und hatte einen Flug von Frankfurt nach London gebucht. Silke wollte diese Gelegenheit nutzen, um ihm ihr Reich vorzustellen und eine Begegnung mit Joachim herbeizuführen. Sie lud ihn in ihr Penthouse in Frankfurt ein. Die Gastgeberin hoffte, der Künstler könnte sich für die von einem Designer geschaffene Wohnung begeistern, die schließlich auch von einem Künstler gestaltet worden war.

„Der Blick von hier oben auf die Altstadt gefällt mir gut. Der Blick in die mit Geräten vollgestopfte Küche lässt mich an die notwendige Entsorgung in einigen Jahren denken, und der Anblick dieser aalglatten Pressspanmöbel jagt mir Angst ein, da sie ständig das krebserregende Formaldehyd ausstoßen. Das Bild von Kandinsky an der Wand als Kunstdruck erinnert mich an die kläglichen Versuche in Arztpraxen dem Volk die Kunst nahe zu bringen. Das Geräusch und der Luftzug der Klimaanlage stören, ich könnte es hier nicht lange aushalten!"
Joachim musterte angespannt den kritischen Besucher, in dem er einen Nebenbuhler vermutete und bemerkte: „Das Leben in einer Steinzeithöhle war auch nicht gesund und noch dazu gefährlich, wenn ein Bär zu Besuch kam."
Silke wollte einen Streit der Männer abwenden und fragte nach den Zielen, die seine Londoner Ausstellung verfolgte. Joachim ergriff trotzig wieder das Wort und verkündete: „In London verfolge ich nur ein Ziel, Erfolge auf diesem wichtigen Finanzmarkt zu haben. Wir versuchen dort Investoren für das Projekt Magnetschwebebahn zu gewinnen. Jetzt wollen Die Grünen das Projekt stoppen mit der Begründung, die Trasse führe durch das Brutgebiet des seltenen Wachtelkönigs. Darf Naturschutz jeden technischen Fortschritt blockieren?"

Silke fürchtete, das Treffen könnte in einer Katastrophe enden und war bemüht erneut zu schlichten: „Sicherlich sollte Naturschutz nicht übertrieben werden. Der Mensch hat auf der Erde schon zu viel Natur beschädigt, da erscheint es mir legitim zu sein, die Notwendigkeit eines Projektes zu hinterfragen."

„Sollte das Projekt scheitern, würden wir viel Geld verlieren. Diese zukunftsweisende Technik wird von den Chinesen und Japanern gierig aufgegriffen und in Deutschland gehen Arbeitsplätze flöten. Hält dieser Trend an, werden wir irgendwann wieder in der Steinzeithöhle sitzen."

Hugo hielt diese polemische Vereinfachung für kindisch, ein Festhalten am Projekt, wegen drohender eigner Verluste für egoistisch und versuchte die Diskussion wieder auf eine sachliche Ebene zu verlagern: „Der Naturschutz ist nur einer von vielen Gesichtspunkten, die das Projekt fragwürdig erscheinen lassen. Die Industrie will die Gewinne bei der Vermarktung der Magnetschwebebahn einstreichen, die hohen Verluste beim Betrieb dieses Energiefressers sollen die Steuerzahler übernehmen. Ein Hochlohnland, wie Deutschland, soll technisch anspruchsvolle Produkte herstellen, simple Technik stellen andere Länder billiger her. Diese Produkte sollten jedoch nur gebaut werden, wenn sie von allgemeinem

Nutzen sind und einen wirtschaftlichen Erfolg erwarten lassen."

Joachim wollte diese Diskussion nicht fortführen und zog sich schmollend auf die Terrasse zurück, während Silke mit dem Ausdruck des Bedauerns Hugo zur Tür begleitete.

Silke fühlte sich immer stärker abgestoßen von Joachim, immer mehr hingezogen zu Hugo und ihre Geschäftsführertätigkeit beanspruchte sie in Leonberg. Die gewandelte Schauspielerin für Fondsanteile gab ihre gutbezahlte aber wenig geliebte Tätigkeit und die Wohnung in Frankfurt auf und zog in das Gästezimmer der Atelierwohnung. In dem Intensivkurs hatte sie Grundkenntnisse der Betriebswirtschaft erhalten, bei einigen Entscheidungen, die sie als Geschäftsführerin treffen musste, war sie unsicher und suchte den Gedankenaustausch mit Hugo. Er hatte keine Erfahrungen in der Führung von mittelständischen Unternehmen, verfügte aber über Kompetenz bei gesellschaftlichen Themen. „Gibt es ein Rezept zur Verbesserung der Mitarbeitermotivation?", eröffnete sie das Gespräch beim gemeinsamen Abendessen, das Hugo mit Kerzen, klassischer Musik, edlem Geschirr, Wein und selbst zubereiteten Speisen zelebrierte: „Am einfachsten erzeugst du

Motivation durch ein wohlbegründetes Lob, am meisten verbreitet ist die Motivationssteigerung durch finanzielle Anreize."

„Ich dachte an ein Bonussystem am Jahresende, das nur ausbezahlt wird, wenn die Firma gute Gewinne macht."

„Ein regelmäßig ausbezahlter Bonus wird bald als Standard betrachtet und verliert seinen Leistungsanreiz."

Silke lobte seine knusprig gebratene Ente und den mit Nelken und Wein zubereiteten Rotkohl und fuhr fort: „Willst du damit sagen, dass mein Bonussystem nutzlos verpuffen wird, hast du eine bessere Idee?"

„Wenn der Bonus entfällt, merkt der Mitarbeiter wenigstens, dass es der Firma schlecht geht. Motivation lässt sich auch durch Übertragung von Verantwortung erzeugen. Krasse Managementfehler, wie sie euer Exprokurist Rossmann abgeliefert hat, können am einfachsten durch eine Einbindung der Mitarbeiter bei wichtigen Entscheidungen vermieden werden, durch die *sogenannte Mitbestimmung.*"

„Soll vor jeder Entscheidung eine Mitarbeiterversammlung einberufen werden? Diese Veranstaltungen habe ich aus der Vergangenheit als polemisches Gewerkschaftsgeschwätz in schlechter Erinnerung."

Hugo schenkte beiden Wein nach und angelte sich eine Entenkeule, die er in der Hand hielt und schüttelte, es wirkte fast wie eine Drohung: „Die klassische Volkswirtschaftslehre nennt drei gleichwertige Produktivfaktoren, die zur Produktion von wirtschaftlichen Gütern erforderlich sind: Arbeit, Kapital und Boden. Damit wurde das damalige Einkommen durch Lohn, Verzinsung und Pacht bestimmt. Bedauerlicherweise waren die drei Produktivfaktoren nie gleichwertig, das Kapital hat stets die Oberhand behalten, eine Mitbestimmung, die diesen Namen verdient, gibt es nirgends."
„Ich will das ändern!", sagte sie entschlossen, als er nach dem Essen einen Espresso servierte.

Silke führte für die Schlegel-Hydraulik GmbH zunächst ein Bonussystem ein, das später durch ein Firmenanteilsystem ersetzt wurde. Sie bot allen Mitarbeitern, die mehr als ein Jahr in der Firma beschäftigt waren, GmbH-Anteile zu einem kleinen, symbolischen Preis an. Sie hielt es für gerecht, eine Umverteilung des ihr in den Schoß gefallenen Kapitals zu bewirken. Die Mitarbeiter sollten in ihre Entscheidungen eingebunden werden und sie sollten an den Gewinnen beteiligt werden. Einmal pro Quartal stellte sie eine Liste mit wichtigen Entscheidungen zusammen und ließ alle Anteilsinhaber darüber abstimmen. Ihr Firmenanteilssystem funktionierte reibungslos, und sie war erstaunt, dass selbst mitarbeiterfeindliche Maßnahmen mühelos durchgesetzt werden konnten. Wie vorsichtige Unternehmer neigten die Mitarbeiter bei der Festlegung der auszuschüttenden Gewinne eher dazu Gewinne in der Firma zu belassen, als sie auszuschütten, sie vertrauten auf den Wertezuwachs ihrer Anteile.

Nach ihrer Bürotätigkeit zog sich die Geschäftsführerin in das Atelier zurück, schlüpfte in ihren Malerkittel und fertigte Skizzen an. Sie war gut gelaunt als ihr Lehrmeister in das Atelier kam und ließ, wie zufällig, ihren Kittel fallen und stand nur mit Slip und BH bekleidet vor ihm und blickte ihn verheißungsvoll an. Silke war es gewohnt, dass ein Mann in dieser Situation sich auf sie stürzt. Hugo bemerkte nur lakonisch:
„Ist Dir nicht zu kalt hier im Atelier?", und hantierte weiter an einer Staffellage herum.
Nach dem Abendessen schloss er sie unerwartet in seine Arme, küsste sie lange, warf die etwas Überraschte auf die riesige Matratze im Schlafzimmer und nahm sie mit Leidenschaft. Silke gab sich ihm hin, wie nur eine liebende Frau sich

hingeben kann. Sie lagen lange aneinander geschmiegt und ließen ihre schicksalhafte Begegnung nachklingen.

Sie küsste ihn und flüsterte: „Jede Zelle in mir möchte erfüllt werden von Dir, meine Lippen verzehren sich nach Deinem Kuss, ich liebe Dich und lobe den Tag, an dem wir uns begegnet sind."

Auch Hugo war überwältigt von dieser innigen Vereinigung, er drückte zärtlich ihren Kopf auf seine behaarte Brust und antwortete: „Der Sinn des Lebens scheint sich mit unserer Begegnung zu erfüllen, als hätte ich ein Leben lang nur darauf gewartet."

„Fange mich auf und halte mich fest, Du bist mein Fels in der Brandung des Lebens, ich möchte Dich immer wieder neu überströmen." Wieder lagen sie eine Weile schweigend aneinander gekuschelt, dann fragte sie mir der Unsicherheit eines Mädchens: „Kannst Du Dir vorstellen Kinder zu haben?"

„Kinder sind etwas Wunderbares und ermöglichen die Fortführung unserer Eigenschaften. Ich sehe ein Kind vor mir, das *deine* Schönheit hat und *meine* Ansichten verteidigt."

„Und wenn es genau umgekehrt kommt, würdest Du das Kind trotzdem lieben?", fragte sie und beide mussten lachen.

Den Urlaub verbrachten sie gemeinsam in Griechenland, wo ein Freund, der Bildhauer Averkious lebte, der von dem attischen Licht schwärmte. Von der Akropolis, die busseweise von Touristen erstiegen wurde, waren sie enttäuscht, von der Schönheit der Landschaft und der Gastfreundschaft der Griechen waren beide begeistert.

Im Schatten eines Kastells am Strand war griechische Musik zu hören, eine Gruppe überwiegend junger Griechen feierte ein Fest und luden spontan die beiden deutschen Touristen ein. Ein Lamm drehte sich auf einem Spieß, und es wurde geharzter Wein getrunken, die Pfirsiche, Oliven und Tomaten schmeckten fantastisch. Die Feiernden waren mit Fahrrädern angereist und man hatte den Eindruck, dass sie in ärmlichen Verhältnissen lebten, aber sie waren fröhlich und genossen den Augenblick. Hugo war es peinlich von armen Menschen bewirtet zu werden, ohne einen eigenen Beitrag leisten zu können. Er setzte sich zu einem Mann, der durch sein schlohweißes Haar und einen langen Bart auffiel. Der Künstler nahm seinen Block zur Hand und fertigte ein Portrait von dem Greis an und schenkte ihm dieses signierte Bild. Dem alten Mann gefiel die Skizze, er bedankte sich artig und begann von seinem Vater und seinem jüngeren Bruder zu erzählen, die von der deutschen Wehrmacht erschossen wurden, als Vergeltung für einen Partisanenangriff. Als der alte Mann sich erhob, um mit dem deutschen Gast, dem Nachfahren dieser Barbaren, einen Sirtaki zu tanzen, war der Deutsche zutiefst bewegt von dieser Geste des Verzeihens.

Hugo wirkte als frei schaffender Künstler bei Produktionen der Stuttgarter Oper mit und wurde, wie jedes Jahr, zu dem beliebten Opernball eingeladen, Silke sollte ihn begleiten. Sie überlegte lange, welche Garderobe sie für dieses große Ereignis auswählen sollte und entschloss sich ein langes Abendkleid mit tiefem Rückendekolleté und seitlichem Schlitz anfertigen zu lassen. Passend dazu wählte sie ein Handtäschchen und Schuhe aus und legte ein Diamantcollier an, das Abschiedsgeschenk von Joachim. Ihre Freundinnen waren begeistert von diesem Outfit.
Als sie voller Begeisterung ihr Kleid Hugo vorstellte, war er entsetzt: „Mit so einem herausgeputzten Pfau möchte ich mich nicht gerne zeigen, kannst Du nicht ein vorhandenes Kleid tragen und das unnütz ausgegebene Geld in eine Spende für Bedürftige umwandeln? Deine Garderobe wird die Aufmerksamkeit der Männer und den Neid der Frauen erregen, eigentlich sollte beides vermieden werden."

Silke war enttäuscht und verteidigte sich, aber ganz unerwartet kam seine Reaktion nicht: „Eine Frau sucht immer wieder die Bestätigung ihrer Schönheit durch ihren Mann, ich möchte keinen Neid erregen!"

„Ich sehe Dich am liebsten nackt, dabei ist diese aufwendige Verkleidung völlig entbehrlich."

Sie trug auf dem Opernball eines ihrer zahlreichen Kleider, gab die Schuhe und die Tasche zurück und trug das maßgeschneiderte Kleid in einen exklusiven Secondhandshop. Von dem Erlös packte sie zwanzig Pakete, jedes bestückt mit Schinken, Wurst und Wein, einem Pullover und einem Couvert mit Hundertmarkschein und einem Gruß aus Deutschland. Die Pakete übergab sie einem griechischen Mitarbeiter, der regelmäßig in seine Heimat fuhr, mit der Aufforderung diese Spende an die Ärmsten in seinem Dorf zu verteilen.

Hugo erfuhr von ihrer Aktion erst, als ein Mitarbeiter des Secondhandshops anrief und mitteilte, das Kleid sei für eintausendvierhundert DM verkauft worden. Er war sehr glücklich und stolz und überschüttete die einsichtige Wohltäterin mit Zärtlichkeiten, wohlwissend wie schwer ihr der Abschied vom Luxusleben fiel.

„Ich möchte Dir etwas sagen", sie befreite sich aus seiner Umarmung und holte tief Luft, „Griechenland ist nicht nur ein schönes, sondern auch ein fruchtbares Land, unser Kind hat sich angemeldet."

Er jubelte und befühlte vorsichtig ihren Bauch, als würde er den heiligen Gral berühren: „Strampelt es schon, dann wird es wahrscheinlich ein Junge, ich schlage vor ihn Sebastian zu nennen, das stammt aus dem Griechischen, dem Land seiner Entstehung, und bedeutet, der Ehrwürdige."

Silke nickte zustimmend: „Und wenn es ein Mädchen wird, soll sie Viktoria, die Siegreiche, heißen."

„Ich habe auch eine Überraschung, die Stadt Baden-Baden hat meinen Entwurf angenommen, ich werde meinen Brunnen dort bauen."

„Ich habe damit gerechnet, weil Du begabt bist und mir Dein Brunnen besonders gefallen hat." Sie lief begeistert in das Atelier und holte das Modell herbei, das Hugo Jungbrunnen genannt hatte. Es zeigt ein altes Ehepaar und einen dicken, zottigen Hund, die freudig auf der einen Seite in den Brunnen hineinspringen und auf der anderen Seite jung und schlank dem Brunnen wieder entsteigen, das Wasser sprudelt aus einem gewaltigen Felsen in der Brunnenmitte.

In der kommenden Zeit wollte Silke sich auf ihre Mutterrolle vorbereiten, sie war mit achtunddreißig Jahren eine

Spätgebärende. Sie machte Gymnastik für Schwangere und besuchte Kurse über Kindererziehung, und sie wollte etwas mehr Komfort in das Haus ihres konsummuffligen Partners mogeln: „Soll ich die Kaffeemaschine zurückgeben, die mir meine Mitarbeiter geschenkt haben, oder wollen wir sie aufstellen?"

Er unterbrach überrascht seine Zeitungslektüre: „Ich werde den Kaffee, wie bisher, mit dem Kaffeekessel zubereiten, wenn die Maschine für Dich eine wesentliche Erleichterung darstellt, dann stelle sie auf."

Die angehende Mutter hatte noch weitere Vorhaben auf ihrem Wunschzettel, die sie Hugo nur wohldosiert zumuten wollte: „Die einzige Dusche im Atelier ist im Winter ungemütlich. Wir könnten von dem großen Gästezimmer eine Ecke abtrennen und ein Bad errichten", um ihrem Wunsch auch eine plausible Erklärung zu geben, fügte sie hinzu: „Das bietet sich auch zum Wickeln des Kindes an."

„Ein Bad in der Wohnung, das ist eine ausgezeichnete Idee, warum bin ich nicht selbst darauf gekommen?"

Seine spontane Zustimmung war eine Überraschung, sie hatte mit Widerstand gerechnet und mit seinem Festhalten am spartanischen Leben. Sein Eingehen auf ihren Wunsch empfand sie wohltuend als ein Aufeinanderzugehen.

Kapitel 7

Der gigantische Betrug

Im vierten Jahr lief der Verkauf der Drilltec GmbH Bohrer nur noch schleppend und als drei unverkaufte Maschinen auf dem Hof standen, gründete Günter in der Schweiz, in Österreich und in Frankreich jeweils eine Leasingfirma. Diese Tochterfirmen mieteten die unverkauften Maschinen und bezahlten ihre Leasingraten mit neubewilligten Krediten der Mutterfirma. Für diese Scheinverkäufe wurden sogar brav die Steuern bezahlt. Das alles funktionierte so reibungslos, dass Günter auf die Idee kam, diese Kredite auch für nicht produzierte Bohrsysteme in Anspruch zu nehmen. Die von der Bank geforderten Rechnungen über Lastwageneinkäufe wurden manipuliert, an den unverkauften, aber schon mit Krediten belasteten Maschinen, wurden andere Seriennummern angebracht und auf diese Weise konnten weitere Kredite in Anspruch genommen werden für Bohrsysteme, die nur auf dem Papier existierten. Das Kreditkarussell drehte sich immer schneller, die anfallenden Kosten konnten nur über neue Kredite bezahlt werden, die Umsätze wuchsen rasant und die Drilltec GmbH wurde zum Vorzeigeunternehmen der Region, auch für ausländische Gäste.

Die Zahlungsströme sollten möglichst unübersichtlich gestaltet werden, daher wurde ein Geflecht von Firmen gegründet, die sich mit Reparaturen, Finanzierungen, Abraumbeseitigung, Werbung und zahlreichen weiteren Aktivitäten beschäftigten und ihre Dienste der Mutter in Rechnung stellten oder von ihr beliefert wurden, zu Preisen, die nicht marktgerecht sein mussten. Dieses Firmengeflecht erleichterte ein Verschieben von Gewinnen und Verlusten und ermöglichte ein Verstecken der ergaunerten Kredite.

Paul und Dieter beschäftigten sich mit der Verbesserung am Bohrsystem und mit Fragen der Produktion. Sie hatten längst die Übersicht über die Finanzquellen verloren, obgleich sie Unregelmäßigkeiten ahnten, wie Beduinen fühlen, wenn ein Sandsturm im Anmarsch ist.

Günter hatte eine seriöse Geschäftsführung nie gewollt oder lange aufgegeben, und so saß er auf einem Schleudersitz in einem Flugzeug, das immer schneller flog. Er wollte möglichst viel zusammenraffen und einen Absprung wagen, bevor das Flugzeug zerschellt.

Die Finanzbehörden und auch die Justiz erfuhren durch anonyme Anzeigen von Unregelmäßigkeiten bei der Drilltec GmbH. Die Politik war an einer Aufdeckung eines Skandals im Lande nicht interessiert, insbesondere nicht vor den Wahlen.

Vorteilsannahme und Beihilfe zum Betrug könnten dabei aufgedeckt werden, und sie verzögerte die eingeleiteten Nachforschungen nach besten Kräften. Die Banken freuten sich über die Geschäftsausweitung und über die fetten Zinsen und scheuten sich zuzugeben, dass ihre Gier, verbunden mit ihrer fahrlässigen Kontrolle, diesen Betrug erst möglich gemacht hatte. Auf diese Weise konnte sich Günter weiterhin ungehinderten Zugang zu Krediten verschaffen, die er eifrig versuchte in seinem Firmenkonglomerat zu verstecken.

Erst nach Jahren war die Beweislast so erdrückend, dass die drei Gesellschafter der Drilltec GmbH verhaftet wurden. Nun erst begannen ernsthafte Untersuchungen, die ergaben, dass aus dreihundert tatsächlich produzierten Bohrsystemen, auf dem Papier daraus dreitausend gezaubert wurden, der entstandene Schaden wurde auf mehrere Milliarden DM geschätzt. Der Konkursverwalter konnte einen Teil davon zurückführen, der größere Teil musste als Verlust abgebucht werden. Einige Herren aus der Politik und dem Bankwesen verloren ihre Posten. Günter, Paul und Dieter erhielten Haftstrafen. Sie wurden vorzeitig entlassen, die Reststrafe wurde zur Bewährung ausgesetzt. Die Seilschaften, die Günters Aufstieg ermöglicht hatten, zeigten sich erkenntlich für sein

Verschweigen ihrer Machenschaften bei der Gerichtsverhandlung.

Auch ohne auf seine versteckten Millionen zurückzugreifen, musste sich Günter über seine Einkünfte keine Sorgen machen, er war ein gefragter Gast auf Fachveranstaltungen, der üppige Honorare einstrich. Der ehemalige Leiter der Drilltec Filiale in Frankreich stellte ihm eine Villa an der Cote d'Azur zur Verfügung und achtete penibel darauf, dass der Weinkeller und die Vorratskammern immer gut gefüllt waren und das ihm überlassene Cabrio immer rechtzeitig aufgetankt wurde. Günter genoss die wiedererlangte Freiheit, das südliche Flair und die Annehmlichkeiten der Villa. An exotischen Festen hatte er nur noch wenig Freude, und die guten Restaurants hatte er inzwischen durchprobiert, es stellte sich nach einiger Zeit Leerlauf ein, sein Tatendrang forderte neue Taten. Die lähmende Angst saß ihm im Nacken, seine unterschlagenen Gelder könnten entdeckt und eingezogen werden. Er spielte Chamäleon, das die Hintergrundfarbe annimmt, um seine Entdeckung zu erschweren.

Als der aus der Haft Entlassene wieder einmal gelangweilt und untätig am Strand herumlag, erhielt er den unerwarteten Besuch von seinem Sohn Alexander, der inzwischen zu einem stattlichen Mann herangewachsen war. Der Sohn wollte seinen Vater verstehen lernen und zu den eigenen Wurzeln zurückfinden, denn sein Vaterbild wurde überwiegend durch Presseberichte geprägt. Er setzte sich schweigend neben den Müßiggänger und ließ den Strandsand durch seine Hände rieseln.

„Alexander! Wie geht es Dir, bist Du alleine gekommen? Das ist ja eine freudige Überraschung!", rief Günter und setzte sich mit einem Satz aufrecht hin.

„Meine Frau, Karin, wartet oben im Hotel auf mich, mir geht es gut, solange ich nicht an meinen Erzeuger denken muss", murmelte er vor sich hin ohne aufzuschauen.

„Ihr könnt bei mir in der Villa wohnen, da ist aller Komfort vorhanden, und das Cabrio könnt ihr auch gerne benutzen. Komm, ich zeige dir alles."

„Ich will Deine ergaunerte Villa nicht sehen und schon gar nicht dort übernachten! Ich bin gekommen, um mit Dir zu reden."

„Ach, weißt Du, es wurde so viel Falsches über mich und die Drilltec berichtet, das korrigiert werden müsste. Sicherlich habe ich viele Fehler gemacht und die Strafe dafür habe ich abgesessen." Günter zog sich ein Hemd über, denn er fühlte sich plötzlich so nackt und seinen Speckbauch so unansehnlich.

„Deine Manipulationen beim Geldversteckspiel finde ich zum Kotzen, ich finde auch in der Geschäftswelt sollten moralische Grundsätze Beachtung finden, diese Auffassung wird von vielen Managern leider nicht geteilt, aber darüber möchte ich nicht mit Dir reden. Ich möchte zur Sprache bringen, wie Du Dich als Familienvater verhalten hast. Du hast Frau und Kind verlassen, bist Deinen Unterhaltspflichten nicht nachgekommen und hast brutal unser Konto abgeräumt und dabei nicht nur uns alles Geld entzogen, du hast uns auch fünftausend DM Schulden aufgehalst."

„Ja was sollte ich denn machen, ich musste irgendwie das Gründungskapital auftreiben und Du musst zugeben, dass ich dieses Geld nicht schlecht angelegt habe. Ich habe das doch auch für Dich getan, wenn Du Geld benötigst, kannst Du so viel haben, wie Du willst, mehr als den aufsummierten Unterhalt!"

„Mit Entsetzen entdecke ich in mir einige Eigenschaften, die ich von Dir habe, das nervt mich, aber von Deinem ergaunerten Geld werde ich keinen Cent anrühren, lieber würde ich diesen Sand hier fressen."

„Mir ging es so dreckig, dass ich nicht einmal Sand zum Fressen hatte! Ihr jungen Hitzköpfe erhebt schnell den moralischen Zeigefinger, es gibt Situationen im Leben, die sind ausweglos, das wirst Du auch noch erfahren, ich hoffe, Du machst es dann besser als ich."

„Da kannst du beruhigt sein, schlechter als Du kann ich es wohl kaum machen! Glaube nicht, dass Du hier in deiner Idylle lange in Wohlstand und Frieden leben wirst, Schurken, wie Du einer bist, werden sich an Deine Fersen heften und nach der Beute lechzen."

Es trat eine Pause ein, Günter fand keine Worte mehr für seine Verteidigung, und es schmerzte ihn zu erfahren, wie tief sein Sohn ihn verachtete. Er wechselte schnell das Thema und blickte hoch zum Hotel:

„Wie heißt Deine Frau, ich würde sie gern kennen lernen."

„Ich werde Dich verstecken, so, wie Du Deine Millionen! Ich schäme mich meiner Frau den maroden Stamm zu zeigen, von dem unser Kind abstammt."

Alexander nahm grußlos seine Sandalen in die Hand und schlürfte durch den Strandsand in Richtung Hotel, ohne sich umzublicken.

Günter blieb wie versteinert sitzen und starrte auf das Meer, nur wenige Menschen standen ihm nahe, er hing an seinem Sohn, und er hatte ihn verloren. Als ihm kalt wurde, zog er sich seine Hosen an, torkelte zur nahegelegenen Strand-Bar und stürzte drei Whiskys hinunter. Er fühlte sich einsam, wie ein Affe auf einem kahlen Baum.

Eine Woche später erhielt er einen Anruf, eine elektronisch verzerrte, deutschsprechende Stimme forderte: „Wir wissen, wo sich Ihre Millionen aus dem Schweiz Geschäft befinden und bieten Ihnen die CD mit allen Kontobewegungen zum Preis von 0,5 Millionen DM an. Wenn Sie annehmen, heben Sie Ihre rechte Hand, wir beobachten Sie, andernfalls ist das schöne Geld verloren."
Der Anrufer legte sofort auf. Günter hob nicht die rechte Hand, aber er wusste, dass eine neue und ermüdende Runde im Versteckspielen eingeläutet war.

Kapitel 8
Eine glückliche Familie

Im Juli gegen neun Uhr erblickte ein gesund und rosig aussehender Sebastian das Licht der Welt. Hugo, der Silke erst einige Stunden vorher ins Krankenhaus gefahren hatte, fühlte sich als der glücklichste Mensch auf der Erde, daher war er entrüstet, dass man ihm sein Kind zunächst nur hinter einer Glasscheibe zeigte, als hätte er die Pest, und das Kind vor dem Vater geschützt werden müsste.

Als er seinen Sohn endlich nach Hause mitnehmen durfte, legte er ihn in seine massigen Hände, die durch das Baby nicht ganz ausgefüllt wurden und betrachtete ihn intensiv mit den Augen des Künstlers. Trotz des zerknitterten Gesichts hatte er das Gefühl, dass aus diesen kleinen Augen die ganze Welt erstrahlt, und seine eigene Persönlichkeit in diesem kleinen Wesen verjüngt sich konzentriert hat. Er trug diese Handvoll Mensch durch sein Atelier und gab eine Erklärung zu jedem seiner Kunstwerke, die Sebastian nur mit einem leichten Schluckauf beantwortete.

Nachts machte das Kind lautstark, wie eine Feuerwehrsirene, auf sich aufmerksam, dann holte es der besorgte Vater aus der Wiege, lief beruhigend hin und her und legte es der Mutter an die Brust. Silke wurde von einem Glückgefühl durchrieselt, weil ihr Körper Milch produzierte, die gierig eingesogen wurde und das Kind satt und schläfrig machte. Hugo naschte auch einmal neugierig an ihrer Brust, der Muttermilchgeschmack erinnerte ihn an Kokosnussmilch.

Silke war überrascht von einem Anruf ihres Vaters, zu dem sie seit Jahren keinen Kontakt mehr hatte, und der nun mit der hohen Stimme eines Greises sprach, die ihre Dominanz verloren hatte und mehr wie ein Hilferuf klang: „Meinen herzlichen Glückwunsch zu Eurem Sohn. Ich war in der Vergangenheit oft ungehalten über Deine Handlungsweise, aber die Geburt eines Stammhalters begrüße ich sehr, und sie setzt einen Neuanfang. Ich würde mich freuen Dich, Hugo und das Kind hier bei uns zu sehen, da ich leider nicht mehr sehr mobil bin."
Die Tochter schluckte einige Male bevor sie ihre Zusage über die Lippen brachte. In ihrem Herzen rollte noch Groll, wie ein Mühlstein, aber sie war erleichtert, ja, beglückt über das Telefonat und eine sich abzeichnende Aussöhnung.

Es war ein heißer Sommertag. Wilhelm saß nur mit einer Badehose und einem Sporthemd bekleidet unter einem Sonnenschirm im Park vor seiner Villa, die er durch die

Turbulenzen der Insolvenz retten konnte und planschte mit den Beinen in einer Wasserschüssel. Erika fächelte ihm Luft zu und tupfte ihm den Schweiß ab. Silke trug ihr Kind auf dem Arm, gefolgt von Hugo und ging über den Rasen direkt auf ihren Vater zu. Sie stellte Hugo ihren Eltern vor, legte ihrer Mutter das Kind in den Arm und setzte sich zu ihrem Vater. Wilhelm betrachtete sie wie eine Larve aus der ein Schmetterling entschlüpft war und schlug vor, in den Gartenpavillon zu gehen, wo Stühle und Getränke bereit standen. Der Gang des Patriarchen war schleppend, er stützte sich auf Erika und zog ein Bein nach und kam nur sehr langsam voran. Als er seinen Platz im Pavillon erreicht hatte, ließ er sich das Kind in den Arm legen und bewunderte es mit strahlenden Augen und einem fast andächtigen Blick: „Ein Kind ist das natürlichste in der Welt und doch jedes Mal aufs Neue ein kleines Wunder, das unsere Vergangenheit und die Zukunft in sich trägt. Mein lieber Sebastian", fuhr er mit pathetischer Stimme fort, „wir begrüßen Dich auf dieser Welt und sind begeistert von Dir! Ich will Dir mehr Zeit und Aufmerksamkeit widmen, als ich es bei meinen eigenen Kindern konnte", dabei schwenkte er das Baby überschwänglich hin und her, liebkoste es mit seiner runzligen

Wange und fächelte ihm Luft zu, genau wie es seine Frau vorher für ihn getan hatte.

Aus Erika sprudelten die Fragen nur so heraus, die ihr auf dem Herzen brannten: „Wie fühlst Du Dich in der Firma, kommst Du mit der Geschäftsführung zurecht? Habt Ihr Schulden aus der Firmenübernahme? Wie hast Du Hugo kennen gelernt, und was macht er beruflich? Wie wohnt Ihr, ist genug Platz für das Kind vorhanden? Ich habe Deine Kindersachen aufbewahrt, die kannst Du für Sebastian mitnehmen."

Wilhelm beschäftigte sich unaufhörlich mit dem Baby, er schien der Welt entrückt zu sein, ließ Sebastian nach seinem Finger greifen und summte ihm mit seiner Fistelstimme ein Schlaflied vor. Erst als das Gespräch auf die Schlegel-Hydraulik GmbH kam, meldete er sich wieder zu Wort: „Es hat mich überrascht in Silke eine so weitsichtige und gute Geschäftsführerin zu entdecken, genauso wie es mich überrascht hat, in Boris, dem Überflieger und Hoffnungsträger, einen so kurzsichtigen und verantwortungslosen Aasgeier erkennen zu müssen. Ich finde die Einführung deines Qualitätsmanagements gut, auch die Ansätze einer Mitbestimmung für Mitarbeiter durch Erwerb von Firmenanteilen und die Bonusregelung haben einen Motivationsschub erzeugt. Nur musst Du mit einundfünfzig

Prozent der Firmenanteile die Fäden in der Hand behalten. Aus vielen Meinungen kann oft ein brauchbarer Konsens gefunden werden, im Zweifel aber muss es immer den Einen geben, der das Sagen hat."

Silke und Hugo tauschten amüsierte Blicke aus, denn genau diese Einstellung hatten sie von Wilhelm erwartet, Hugo erhob sein Glas und spottete: „Auf die Mitbestimmung nach Art der Patriarchen! Es wäre sinnvoll die volkswirtschaftlichen Faktoren, Kapital und Arbeit, gleichrangig neben einander zu stellen. Wenn das als wünschenswertes Ziel anerkannt wird, darf es keine Dominanz geben, leider hat bisher das Kapital immer die Oberhand behalten. Darin sehe ich die Hauptursache für die Ausbreitung von verantwortungslosen Aasgeiern in unserer Gesellschaft."

„Ich gebe dem Patriarchen den Vorzug, der andere leben lässt und keine kurzfristigen Gewinne einstreichen will, vor einem Gerangel von konkurrierenden Interessen", sagte Wilhelm, gab das Baby wieder zurück an seine Tochter und fuhr fort:

„Mit immer neuen Gesetzen wird man das Handwerk von Schurken schlecht eindämmen können, denn wo es ein Gesetz gibt, da gibt es auch Gesetzeslücken. Wir müssen dafür Sorge tragen, dass Moral und Ethik Einzug in das wirtschaftliche Denken finden. Machtmissbrauch durch Banken, unangemessen hohe Umsatzrenditen anstreben, Fusionen nur eingehen, um Konkurrenz auszuschalten, vorsätzlich falsche Gerüchte in Umlauf bringen, Scheinfirmen gründen, um Gewinne zu verschieben, alle diese Machenschaften sollten nicht nur als unmoralisch, sondern als kriminelle Handlungen gebrandmarkt und von den Gerichten entsprechend abgeurteilt werden, auch wenn es dagegen kein spezielles Gesetz gibt."

„Da sprechen Sie mir aus dem Herzen. Vielleicht sollte man bei hartnäckigen Fällen auf mittelalterliche Strafen zurückgreifen. Im Schuldenturm bei Wasser und Brot einsperren, um Schurken an ihrem Handwerk zu hindern, und sie erst wieder auf die Menschheit los lassen, wenn sie geläutert sind."

Mutter und Tochter tauschten sich über Kinderernährung aus und wickelten gemeinsam das Baby, das sich lautstark Gehör verschaffte, als sei es schon der Herrscher im Park. Die Mücken tanzten in der Sonne um den leise plätschernden Gartenbrunnen und Wilhelm fuhr fort: „Ich höre Sie werden in Baden-Baden einen Brunnen bauen, wie groß soll das Kunstwerk werden?"

„Das Bronzebecken hat einen Durchmesser von sechs Metern und der naturbelassene Fels wird sieben Meter aus dem Wasser ragen, die Figuren sollen Lebensgröße haben."

„Für diese Dimensionen haben viele Gießereien keine geeigneten Vorrichtungen, ich kenne einige, die das bewerkstelligen können."

„Das wäre mir eine große Hilfe, mir fehlen diese Kontakte. Ich denke mehr an Form und Wirkung und unterschätze dabei die Schwierigkeiten bei der Realisierung."

Die beiden Männer empfanden von Anbeginn Sympathie für einander, obwohl sie einen höchst unterschiedlichen Werdegang hatten. Erika hatte sich zurückgezogen, um eine Tasche mit Kindersachen zu packen, und sie konnte nicht widerstehen obenauf noch eine Tüte mit Obst, Wurst und Käse zu legen.

Silke hatte an dem alten Baum ihre Kinderschaukel entdeckt und begann zu schaukeln, in Erinnerung schwelgend, wie sie zusammen mit ihrem kleinen Bruder dort schaukelte. Seit Volker einem Ruf des Orchesters in Philadelphia in den USA gefolgt war, fühlte sie sich von ihrer Mutter mehr wahrgenommen und beachtet. Ihr Herz hüpfte vor Freude, dass sie sich mit ihrem greisen Vater noch aussöhnen konnte und Anerkennung in der Familie fand. Aber die Tochter machte sich Sorgen um den Gesundheitszustand ihres Vaters. Wird er seine Ankündigung noch umsetzen können, sich intensiver um das Enkelchen zu kümmern, als um seine eigenen Kinder?

Den Wandel von einem Saulus zu einem Paulus hatte Hugo in ihr bewirkt und sie empfand Achtung, Zärtlichkeit und Dankbarkeit für ihn. Silke fühlte sich in ihrer neuen Rolle viel wohler, fand dabei Zufriedenheit, Erfüllung und einen Lebensinhalt, den ihr das vorher gelebte Konsumstreben nicht bieten konnte. Sie schämte sich für ihre abgelegte, Mitmenschen ausnutzende Handlungsweise und versuchte mit helfender Hand das Elend dieser Welt zu lindern. Die Gewandelte freute sich auf ihre Mutteraufgaben und über die Wertschätzung ihrer Eltern für ihren Partner.

Gegen die Erwartungen der Großeltern, die eine konservative Einstellung zu diesem Thema hatten, hatte das Elternpaar nicht die Absicht zu heiraten. Sie wollten ungebunden zusammen leben, ihre Freiräume erhalten und verzichteten auf die steuerlichen Vorteile, die der Staat Ehepaaren einräumt.

Kapitel 9
Das Konsortium tagt

Der große Besprechungsraum war leicht abgedunkelt, es sollte ein Video gezeigt werden. Getränke und Gebäck standen bereit, an jedem Platz lag eine Dokumentenmappe, und einige Assistenten liefen beflissen umher. Dr. Karl von Rohrbach, der energische Vorsitzende des Konsortiums von Industriefirmen, hatte eine Konferenz einberufen, um das Projekt Magnetschwebebahn zu besprechen. Dabei handelte es sich um eine völlig neuentwickelte Technik. Der Personenzug wurde mit Hilfe eines gewaltigen Magnetfeldes in der Schwebe gehalten und konnte hohe Geschwindigkeiten erreichen, da keine Räder auf Gleisen abrollen und geführt werden mussten. Die Fahrzeiten ließen sich dabei deutlich verkürzen, der Energiebedarf zur Erzeugung des Magnetfeldes war hoch.
Der schlanke Manager trug sein dunkles Haar glatt nach hinten gekämmt und blickte mit unruhigen Luchsaugen durch seine randlose Brille. Die meisten Herren hatten schon Platz genommen, nur die Vertreter der Fluggesellschaft und der Bahn waren noch im Bereich des Eingangs in ein Gespräch vertieft. Dr. von Rohrbach erhob sich, nahm das Mikrophon in die Hand und begann mit seiner Präsentation: „Meine Herren,

es ist schon drei Minuten nach neun, und wir sollten endlich beginnen. Ich bitte Sie Ihre Plätze einzunehmen und Ihre Diskussion einzustellen." Die Türen wurden geschlossen, und die Vertreter von Bahn und Fluggesellschaft eilten zu ihren Plätzen, wie von ihrem strengen Lehrer abgemahnte Schüler.

„Ich begrüße Sie herzlich zu unserer Konferenz. Ich werde in den nächsten zwei Stunden versuchen, Ihnen einen Überblick über den Stand des Projektes Magnetschwebebahn zu vermitteln. Danach wollen wir gemeinsam über die Eignung der vorgestellten Varianten diskutieren. In der Arbeitsmappe vor Ihnen finden Sie eine Dokumentation mit detaillierten Angaben. In das Projekt wurde bisher rund eine halbe Milliarde DM investiert, und wir alle wollen es zu einem erfolgreichen Abschluss führen. Die Technik funktioniert hervorragend, und wir sind stolz, dass Deutschland hier weltweit eine führende Rolle übernommen hat. Nach dem heutigen Stand geht die Planung von einem Investitionsvolumen von fünf Milliarden DM aus, hinzukommen die später vorgesehenen Anbindungen nach München und Düsseldorf."

„Die Investitionskosten sind weniger interessant, die Bahn interessiert sich in erster Linie für die Betriebskosten", unterbrach ihn der Vertreter der Bahn und wedelte mit der Dokumentenmappe in der Luft herum, als wolle er eine angreifende Wespe abwehren. Er war auch wegen der anfänglichen Zurechtweisung noch verstimmt und um seinen Worten mehr Nachdruck zu verleihen, erhob er sich: „Die aufgeführten Daten sind nicht konform mit unseren Zahlen, bei einem Passagieraufkommen von vierzehn Millionen Kunden pro Jahr werden nur Verluste produziert, die wir nicht bereit sind zu tragen!"

Der Referent ließ sich nur unwillig unterbrechen. Er blickte ungehalten über seine Brille hinweg auf den Zwischenrufer und fuhr fort: „Meine Herren, wir alle wissen, dass solche Prognosen mit Fehlern behaftet sind, die entstehen, weil einige Daten geschätzt werden müssen. Die zu vermutende Abwanderung von Fluggästen auf die schnellerankommende Magnetschwebebahn hat bisher noch keine Berücksichtigung in dem Zahlenwerk gefunden, daher habe ich das renommierteste Marktforschungsinstitut Deutschlands mit einer Schätzung des zu erwartenden Passagieraufkommens beauftragt. Diese Analyse wird uns in wenigen Tagen vorliegen, bis dahin bitte ich dieses Thema auszuklammern."

Der Vorsitzende fuhr in seinen Ausführungen fort, sprach über alternative Trassenführungen, über Fahrzeiten und Haltepunkte, über die finanzielle Unterstützung durch den Bund, über Termine und entstehende Arbeitsplätze. Immer, wenn Zwischenfragen gestellt wurden, reagierte er indigniert und verstand es, sie zu entkräften, oder sie auszuklammern und zu vertagen. Einige Teilnehmer waren verärgert über diesen Vortragsstil und fühlten zunehmende Verwirrung über das Ausbleiben der erwarteten Information. Der gezeigte Videofilm war aufgemacht wie ein Werbespot, der Film wollte nicht informieren, sondern zielte offensichtlich auf die emotionale Begeisterung der Zuschauer ab. Die Industriefirmen, die in diesem Konsortium zusammengeschlossen waren, hatten alle ein lebhaftes Interesse an dem Erfolg des Projektes, nur sollten die Risiken weniger von der Industrie getragen, sondern mehr vom Bund übernommen werden. Der federführende Dr. von Rohrbach wirkte nicht wie ein Moderator einer Diskussion, sondern eher wie der Einpeitscher auf einen Sklavenschiff, der all seinen Ehrgeiz daran setzt, das Schiff in den sicheren Hafen zu steuern.

Gegen elf Uhr endlich wurde dieser Bearbeitungsmarathon durch eine Pause unterbrochen, es wurde Kaffee und Tee gereicht, und man stand in kleinen Gruppen beieinander. Der Referent notierte eifrig einige Zahlen und wollte sie seinem Assistenten zur Bearbeitung übergeben, als ein anderer Mitarbeiter mit stolzgeschwellter Brust an ihn herantrat: „Ich habe die Nacht durchgearbeitet und die angeforderte Tabelle fertigstellen können, die Sie so dringend haben wollten..."

„Jetzt nicht, unterbrechen Sie mich nicht!", kam die unwirsche Antwort.

„Ich sollte diese Tabelle sofort und unter allen Bedingungen persönlich bei Ihnen abliefern", antwortete der Zurückgewiesene enttäuscht.

„Merken Sie nicht, dass es jetzt nicht passt, Sie Ignorant?"

Am Nachmittag war eine Diskussion vorgesehen, die eine Entscheidung über das weitere Vorgehen vorbereiten sollte. Dr. von Rohrbach wurde wegen seiner hohen Kompetenz, seiner Intelligenz gepaart mit Durchsetzungsstärke und seiner scharfen Beobachtungsgabe, zum Vorsitzenden des Kuratoriums ernannt. Er erwies sich jedoch als ein schlechter Moderator, der monologartig über sein Thema referierte, ein Meinungsaustausch kam nur eingeschränkt zustande, und die heißen Themen wurden ausgespart. Die versammelten Wirtschaftsbosse wurden zunehmend ungehaltener, da viele der für sie wichtigen Themen nur gestreift wurden, oder, wie das Thema, laufende Betriebskosen, die systembedingt hoch waren, einfach vertagt wurde. Die Diskussion wurde zunehmend aggressiver und der Zorn der Teilnehmer richtete sich gegen ihren Vorsitzenden.

Unerwartet wurde ein Mann hereingeführt, der schon durch seine Kleidung auffiel. Er trug ein kariertes Sakko und ein Polohemd, während alle anderen Herren in einem dunkelblauen oder grauen Anzug mit Krawatte erschienen. Dr. von Rohrbach vollendete seinen gerade begonnen Satz nicht, legte seine Brille ab und klappte seinen Ordner zu und bat um eine kurze Pause. Er zog den Neuankömmling in den Vorraum und sah ihn fragend an.

„Unser Angebot wurde abgelehnt", flüsterte der Sakkoträger und streckte die Hände vor, als wolle er sich vor einem Ungeheuer schützen.

„Das darf nicht sein, ohne das Gutachten wird das ganze Projekt gefährdet. Verbessern Sie das Angebot!"

„Der Herr Professor sieht das anders, er behauptet, dass die vorliegende Schätzung sehr optimistisch sei, eine Steigerung würde gegen alle Regeln der Marktforschung verstoßen und seinen Expertenruf ruinieren."

Der Vorsitzende blickte zum Boden, es trat eine Pause ein, dann fixierte er sein Gegenüber und flüsterte ihm zu: „Jeder Mensch ist käuflich, es kommt nur auf den Preis an. Bieten Sie ihm einen Beratervertrag über siebenhunderttausend pro Jahr an."

„Ich habe das andeutungsweise schon probiert und bin auf totale Ablehnung gestoßen. Er gedenke nicht an dem Verfall der Sitten in dieser Welt durch eigenes Handeln mitzuwirken. Dann bat er mich lautstark sein Büro zu verlassen, als sei ich der Satan in Person, den er verscheuchen müsse."

Dr. von Rohrbach faltete seine Hände auf den Rücken, als wolle er seine Unschuld dokumentieren, lief immer wieder hin und her, dann verkündete er mit gedämpfter Stimme: „Wenn Sie unsere Zusammenarbeit fortsetzen wollen, dann muss ich mich auf Sie verlassen können. Wenn nötig, dann fassen Sie diesen Tugendbolzen etwas härter an, wie Sie das machen ist Ihre Angelegenheit, ich muss dieses Gutachten haben, koste es, was es wolle."

Der Mann im Sakko führte hektisch mehrere Telefongespräche. Der Vorsitzende eilte zurück in den Tagungsraum. Trotz seiner Fähigkeit Beherrschung zu bewahren, konnte er seinen Schock nicht ganz verbergen, er wirkte unkonzentriert, geistesabwesend und verzichtete auf seine Monologe. Die Diskussion schleppte sich hin, mit den Themen, Umweltschutz und Lärmbelästigung ohne einer Entscheidungsvorbereitung näher zu kommen und wurde am Nachmittag beendet. Es folgte eine Reihe von Tagungen, die ähnlich dürftige Ergebnisse lieferten.

Trotz der Anwendung von „Spezialmethoden" gelang es Herrn Dr. Karl von Rohrbach nicht das Projekt rentabel zu rechnen, und es baute sich zunehmend Widerstand gegen das Vorhaben auf. Nach einigen Jahren wurde das Projekt Magnetschwebebahn für gescheitert erklärt.

Kapitel 10

Erpresstes Gutachten

Nach der Mittagspause ließ Professor Dr. Martin Kluge, der Leiter des Institutes für Marktforschung und Konsumverhalten, erneut seinen Rechner hochfahren. Eigentlich wollte er zur Abiturfeier seiner Tochter Diana gehen, aber er musste sein Gutachten bis zum 20. Mai fertigstellen, und da blieben ihm nur noch vier Tage Zeit. Ein Konsortium aus führenden Industrieunternehmen hatte dieses lukrative Gutachten über die Auslastung der geplanten Magnetschwebebahn in Auftrag gegeben. Ihm war bekannt, dass der Auftraggeber eine optimistische Schätzung erwartete, die er aus den Basisdaten nicht ableiten konnte.

Der Professor war stolz auf seine hübsche Tochter, die ihn an seine Angebetete in jungen Jahren erinnerte. Ihr Bild stand neben dem seiner Frau Elfriede auf seinem Schreibtisch. Mit Freude dachte er an Dianas Geburtstagsfeier vor einigen Wochen, auf der er bemerkt hatte, wie sein Assistent Klaus Schröder ihr verliebte Blicke zuwarf und ihre Nähe suchte. Er schälte ihre Apfelsine, steckte ihr kleine Scheiben in den Mund, und sie strahlte ihn an. Eigentlich passen sie recht gut zueinander, lächelte Martin verschmitzt, der Härtetest wird kommen, wenn sie in Berlin ihr Studium aufnimmt, und er in Hamburg bleiben muss. Die Unterbringung seiner Tochter in Berlin beschäftigte ihn schon eine Weile, es schien schwierig zu sein eine preiswerte Unterkunft für eine Studentin in der neuen Hauptstadt zu finden.

Eigentlich verspürte er wenig Lust auf die Abiturfeier zu gehen, und der Termindruck machte ihn in den nächsten Tagen unabkömmlich. Er nahm den Hörer in die Hand und rief seine Tochter an: „Meine liebe Diana, ich wäre gerne bei Deiner Abiturfeier dabei, aber ich muss dringend ein Gutachten fertigstellen, Du kennst das ja, ich kann zu dem Fest nicht kommen, das auch mehr etwas für junge Menschen ist. Ich wünsche einen vergnüglichen Tag und wir feiern Dein tolles Abi zu Hause nach."

Er ließ sich gerade ein Teilergebnis ausdrucken, als ein Anruf vom Pförtner kam, der einen Besucher ankündigte. Auf dem Flur vernahm man das regelmäßige Klacken von harten Absätzen, es wirkte wie das Ticken eines Zeitzünders. Ein Mann im dunklen Mantel und mit einer großen, dunklen Sonnenbrille trat ein, überprüfte den Raum, um festzustellen, dass keine weitere Person anwesend war, dann nahm er unaufgefordert Platz, dabei konnte man unter dem Mantel ein grobkariertes Sakko erkennen: „Ich komme im Auftrag des

Konsortiums und soll mich über den Stand des Gutachtens informieren. Wir gehen von einem zu erwartenden Passagieraufkommen aus, das bei sechzehn Millionen liegt und vertrauen darauf, dass Ihre gutbezahlte Studie ein ähnliches Ergebnis liefert."

„Darauf sollten Sie nicht vertrauen, schon die Zahl vierzehn Millionen muss als optimistisch eingestuft werden und lässt sich mit statistischen Tricks nicht weiter steigern."

„Wir alle wissen mit welchen Unsicherheiten solche Prognosen behaftet sein können, daher haben wir auch Ihr Institut ausgewählt, das einen sehr guten Ruf genießt. Wurden die Passagiere berücksichtigt, die voraussichtlich vom Flugzeug auf die Magnetschwebebahn überwechseln werden?"

„Es gehört zu unserem Handwerk erkennbare Trends einfließen zu lassen. Wie Sie dieser Graphik entnehmen können, wurde auch hier eine optimistische Zahl verwendet. Ich erkläre noch einmal, dass sechzehn Millionen Passagiere pro Jahr vielleicht wünschenswert sein mögen, aber absolut unrealistisch."

„Wo ein guter Wille ist, lässt sich auch ein Weg finden. Ihre Tochter will doch in Berlin studieren, da kann sie später einmal diese neue Verbindung nutzen. Wir haben in Berlin einige Objekte in der Nähe der Uni, die wir unseren Kunden zu günstigen Konditionen anbieten können. Ihre Tochter zahlt hundert DM pro Monat für einen Mietkauf, nach drei Jahren geht die Wohnung in ihr Eigentum über, das hilft den jungen Menschen zu eigenem Wohnraum zu kommen, und das wollen wir unterstützen."

Martin richtete sich auf, schüttelte den Kopf und antwortete: „Wenn dieses Angebot nur für Töchter von Institutsleitern gilt, interessiert es mich nicht, meine Tochter wird bei Verwandten wohnen, und die Wohnungsbeschaffung sollte nicht Gegenstand dieser Unterredung sein."

Der Mann, der auch in dem halbdunklen Büro seine Sonnenbrille nicht abnahm, erhob sich und lief mit seinen klackenden Absätzen auf und ab: "Wir haben auch andere Möglichkeiten unterstützend zu wirken. Ein Mann mit Ihrer Qualifikation ist prädestiniert Vorträge zu halten, Ihr Erfahrungsschatz sollte auch anderen zugänglich gemacht werden, wir haben dafür Beraterverträge vorgesehen. Die Konditionen sind großzügig und können von Ihnen selbst festgelegt werden."

Martin sprang auf und seine Stimme schwoll an: „Soll die Wissenschaft gekauft werden und zum Handlanger von Finanzjongleuren degradieren? Ich bedaure den sittlichen Verfall in dieser Welt, den ich für die Ursache aller Fehlentwicklungen halte. Die Gier nach Geld und Macht ist ein teuflischer Verführer, ich stehe dafür nicht zur Verfügung und komme ohne Beratervertrag zurecht. Ich bitte Sie mein Büro sofort zu verlassen!"

Als er die Tür hinter seinem finsteren Besucher geschlossen hatte, ließ sich Martin in einen Schreibtischsessel fallen und versuchte seine Erregung abklingen zu lassen. All die Mühe, die er in das Gutachten steckte, ist völlig sinnlos, der Auftraggeber ist an einer echten Prognose überhaupt nicht interessiert. Er will getürkte Zahlen haben, damit das Projekt realisiert und eine Finanzierung erschlichen werden kann.

Er gab die neusten Zahlen in den Rechner ein und startete das Programm erneut, dann rief er seinen Assistenten an und bat ihn den Durchlauf zu überwachen und das Zahlenwerk zu überprüfen. Er selbst verspürte wenig Lust dazu und wollte heute zeitig nach Hause gehen. Seine Ehefrau Elfriede war überrascht ihren Gatten so früh zurückzusehen: „Willst Du noch auf die Abiturfeier gehen?"

„Nein, mir ist heute die Lust zum Feiern vergangen, ich habe einen benebelten Kopf."

Er hatte das Gefühl Schmutz wegspülen zu müssen und ging unter die Dusche. Er schenkte sich ein Glas Wein ein und erzählte seiner Frau von dem Angebot, das ihm vom Konsortium unterbreitet wurde, während sie die Teller für das

Abendessen auf den Tisch stellte: „Wir Deutschen denken Korruption gibt es nur in Bananenrepubliken, hier ist es nicht viel besser, es wird nur etwas geschickter verpackt. Marktbeherrschende Firmen werden ihre Interessen durchsetzen und sich ein zweites oder drittes Gutachten einholen oder rabiatere Methoden ergreifen, Dein Edelmut wird das Projekt nicht aufhalten."

„Ich will das Projekt nicht aufhalten, ich will verhindern, dass der Steuerzahler die Verluste tragen muss, die mit meinem Zahlenwerk schöngerechnet wurden."

„Sehen sich Diana und Klaus öfter?", forschte er vorsichtig nach.

„Sie sind seit einem viertel Jahr zusammen, hat Diana nie davon erzählt?"

„Väter erfahren so etwas immer später als andere", tröstete er sich.

Als sich Martin am nächsten Morgen gerade die Zähne putzte, stürmte Elfriede ins Badezimmer und fragte erregt: „Hat Diana Dir gesagt, dass sie heute Nacht auswärts schlafen will, ihr Bett ist unberührt! Sie ist noch nie ohne eine Nachricht über Nacht fortgeblieben."

Dem Vater fiel die Zahnbürste aus der Hand: „Nein! Rufe ihre Freundin Gisela an, vielleicht weiß sie etwas, ich werde Klaus anrufen."

Als Martin zum Telefon eilte, begann es unbarmherzig zu läuten: Schnarr, schnarr, schnarr. Es wirkte wie das Fauchen eines Tigers, er hob ab und seine Frau verharrte wie versteinert an seiner Seite. Die Stimme im Telefon forderte: „Wenn Du willst sehen Tochter lebendig, dann Du machen genau was ich sage."

„Wer sind Sie, wo ist meine Tochter?"

„Die Fragen stelle ich hier. Wir haben Deine Tochter, es ihr gehen gut, solange Du machst, was wir Dir sagen, wenn Polizei einschalten, ist schöne Tochter mausetot!"

Elfriede, die mithören konnte, schrie laut auf und ließ sich auf einen Stuhl gleiten.

„Bevor ich überhaupt etwas mache, möchte ich ein Lebzeichen von Diana haben!", schrie Martin in den Hörer.

„Willst du haben abgeschnittenen Finger von Tochter, oder ist ausreichend, wenn telefonieren?"

„Papa! Papa!", war Dianas verzweifelte Stimme zu hören, „ich habe eine Scheißangst, die meinen es ernst, sie haben mich in ein Auto gezerrt, mir die Hände gefesselt und halten mir eine Pistole an den Kopf, hilf mir!"

Noch ehe Martin eine Frage stellen konnte, war wieder die fiese Männerstimme zu vernehmen: „Du sehen, Töchterchen ist wohl auf. Du übergeben Gutachten mit Zahl sechzehn Millionen Passagiere bis morgen vierundzwanzig Uhr, dann wir lassen frei Töchterchen, verstanden?"
„Das ist schon rein theoretisch nicht zu schaffen, da alle Basisdaten neu eingegeben und ausgewertet werden müssen."
„Du haben viele Mitarbeiter, musst einlegen Nachtschicht, Töchterchen soll nicht so lange warten. In gleiche Moment Du übergeben Gutachten, wir lassen Töchterchen aussteigen. Einzelheiten wir Dir noch mitteilen", dann war die Verbindung unterbrochen.
Martin ließ den Hörer aus der Hand gleiten und seine Hand suchte Halt an dem Sessel.
„Unsere einzige Tochter, bring sie mir wieder!", jammerte Elfriede und betupfte ihre Augen mit einem Taschentuch, „immer willst Du den Helden spielen, das musste ja so kommen, Du kannst mit Deiner Tugend die Welt nicht retten."
Martin verharrte kurz auf den Sessel gestützt, dann machte sein Körper alle Bewegungen mechanisch, wie ein Roboter. Er bestellte Klaus in das Institut, gab Elfriede Anweisung das Telefon nicht zu verlassen und bei Neuigkeiten ihn im Büro anzurufen, griff sich in der Küche etwas Trink- und Essbares

und raste ins Institut, wo Klaus schon wartete: „Sie lieben Diana, das weiß ich, sie ist entführt worden, wir wollen gemeinsam versuchen sie zu retten. Die Entführer wollen bis morgen, vierundzwanzig Uhr, das Gutachten mit einer Zahl von sechzehn Millionen Passagieren."

„Das ist ja schrecklich", stöhnte Klaus und schnäuzte sich die Nase, „selbst bei gutem Willen ist das zeitlich nicht zu schaffen, gibt es keine andere Lösung?"

„Kein Wort über eine Entführung zu irgendjemand, für einen Vater hat der Schutz seines Kindes höchste Priorität, also werde ich die Forderung erfüllen. Alle werden denken, der hat sich kaufen lassen vom Konsortium, das muss ich mit Fassung tragen."

„Haben Sie Kontakt zu Diana gehabt?"

„Ja, sehr kurz, sie lebt und hat fürchterliche Angst, das ist ja verständlich. Wir dürfen keine Zeit verlieren und müssen das Zahlenwerk pünktlich abliefern. Auf methodisch saubere Arbeit wird wenig Wert gelegt, nur auf das Endergebnis. Ich werde das Pferd von hinten aufzäumen und das Programm rückwärts laufen lassen, ausgehend von dem gewünschten Ergebnis. Die so ermittelten Basisdaten geben Sie ein, nehmen Sie den fleißigen Schulz hinzu."

Beide Männer rissen sich die Jacketts vom Leibe und begannen mit dem Frisieren der Zahlen. Am Abend wurden die ermittelten Basisdaten eingegeben und das Programm neu gestartet. Am Drucker waren die Tintenpatronen leer, Ersatz konnte erst am nächsten Morgen beschafft werden, aber es mehrte sich der Eindruck, dass der Termin eingehalten werden kann.

Gegen zweiundzwanzig Uhr meldete sich am Telefon wieder die verhasste Stimme: „Scheen, Ihr seid verninftig und fleißig, wir Euch beobachten, Termin bleibt, Töchterchen fragt immer nach Papa, ist eingeschlafen."

Martin schloss die Türen und Fenster, blickte sich um und ließ vorsorglich die Rollos herunter.

„Morgen vierundzwanzig Uhr, Du nehmen Fahrrad und fahren zur Waldhütte, da liegt weitere Anweisung. Wenn Du nicht kommst allein, scheenes Töchterchen ist mausetot, wenn Du widerrufen Gutachten, greifen wir wieder Töchterchen, verstanden?"

Im Hörer war nur noch ein: Tut, Tut, Tut, zu hören, das wie das Bellen eines schrecklichen Schlosshundes klang.

Der Vater und der Verehrer arbeiteten die Nacht durch, als Martin schläfrig wurde, brachte ihm Klaus einen Kaffee, wenn er unsicher war, bestärkte der Andere ihn. Bei Teilergebnissen, die nicht schlüssig waren, stimmten sie sich ab und gaben eine gemeinsame Schätzung ein. Am nächsten Morgen konnte wieder gedruckt werden, zunächst wurden die Graphiken und Tabellen ausgedruckt, während Martin damit beschäftigt war die Ergebnisse neu zu formulieren und zusammenzufassen. Gegen dreiundzwanzig Uhr war das Werk vollbracht und beide hielten einen Moment inne und überprüften es auf Vollständigkeit. Es war ein beglückendes Gefühl in der Stunde der Not einen so engagierten, von den Flügeln der Liebe getragenen, Mitarbeiter zur Seite zu haben, der ihm durch diese dramatische Arbeit ans Herz gewachsen war.

Martin steckte das Gutachten in eine Plastiktüte, fuhr nach Hause, weihte seine Frau über den Stand der Dinge ein, schwang sich auf sein Fahrrad und nahm den Weg in Richtung Waldhütte. Es war stockfinster und etwas mühsam mit dem schwachen Fahrradlicht den Weg zu finden. Sein Herz klopfte wild, er blickte sich immer wieder um, ob ihm jemand folgte und ob die Plastiktüte noch auf dem Gepäckträger lag. Am Pfosten der Waldhütte war eine Skizze befestigt, er nahm sie an sich und folgte den eingezeichneten Pfeilen. Plötzlich sah

Martin einen Lichtschein, als er näher kam, erkannte er das Profil von Diana. Er rief: „Diana, komm!"
Sie rannte auf ihn zu, und er steckte, wie vereinbart, die Plastiktüte in den Papierkorb, der neben der Bank aufgestellt war. Als er seine Tochter in den Armen halten konnte, dachte er, wie symbolträchtig ist doch ein Papierkorb für dieses manipulierte Gutachten. An der Waldhütte setzten sich beide eilig auf das Fahrrad nur vom Wunsch getrieben, diesem entsetzlichen Ort zu entfliehen. Diana zitterte noch und klammerte sich dankbar an ihren Vater, der von den Heldentaten erzählte, die er nur zusammen mit Klaus vollbringen konnte. Elfriede stürzte sich wie eine Glucke auf ihre heimkehrende Tochter, überschüttete sie mit Tränen und Zärtlichkeiten, den daneben stehenden Ehemann übersah sie völlig. Nachts hörte man Diana einige Male laut aufschreien, sie litt unter Albträumen.

Ein durchlittenes Abenteuer lässt manche Dinge des Lebens deutlicher erscheinen, und Martin dachte intensiv über sich, sein Leben, seine Ehe und seinen Beruf nach. Vielleicht war sein ehrgeiziges, berufliches Engagement auch eine Flucht vor dem Ehealltag, weil er die von Unzufriedenheit geprägten Vorwürfe seiner Frau nicht ertragen wollte. Sie hatte vor der

Geburt ihrer Tochter ihre Tätigkeit als Filialleiterin aufgegeben, die ihr viel Spaß machte. Elfriede betrachtete ihre Hausfrauentätigkeit als geisttötend, sie stand im Schatten des erfolgreichen Mannes, und ihre eigene Persönlichkeit verkümmerte. Einen beruflichen Wiedereinstieg hatte sie nie ernsthaft angestrebt, da sich nach der Geburt einige körperliche Unzulänglichkeiten eingestellt hatten, und ihre berufliche Tätigkeit finanziell wenig Anreize bot.

Über ihr Verhalten bei der Entführung war Martin bitter enttäuscht, und er fühlte sich allein gelassen und zum Sündenbock degradiert, der nur als Problemlöser und Geldbeschaffer betrachtet wurde, die eheliche Zweisamkeit bekam einen tiefen Riss. Vielleicht waren ihre Vorwürfe berechtigt, er versuche die Welt tugendhafter zu machen und nehme dabei eine Beschädigung seiner Familie in Kauf. Seine Führungsposition war zu einem Schleudersitz geworden, weil sie im Interessenkonflikt mit Schurken stand. Sein starkes zeitliches Engagement gefährdete zusätzlich sein privates Glück.

Martin entschloss sich sein Amt als Leiter des Instituts für Marktforschung und Konsumverhalten niederzulegen, er verlagerte seine Tätigkeit auf das Schreiben von Artikeln in

Fachzeitschriften und das Abfassen von Gutachten für mittlere Betriebe. Sein Verhältnis zu Diana wurde inniger, getragen von Wertschätzung und Vertrauen. Von Elfriede hatte er sich gefühlsmäßig weiter entfernt, den Urlaub verbrachte er zusammen mit Diana und Klaus, ohne Ehefrau.

Während des Urlaubes stieß Martin zufällig auf eine Zeitungsnotiz: „Heute wurde in einem Steinbruch die von Kugeln durchsiebte Leiche des sechsunddreißig jährigen Siegfried P. gefunden. Die Ermittlungen in diesem Mordfall erweisen sich als schwierig, es gibt noch keine heiße Spur. Die Polizei vermutet einen Racheakt von einer kriminellen Bande." Das Pressefoto zeigte einem Mann, der ein auffallend kariertes Sakko trug, das Martin bekannt vorkam. „Manche Untat rächt sich auch ohne einen Richter", dachte er.

Kapitel 11

Der Patriarch tritt ab

Silke besuchte jetzt ihre Eltern häufiger, es machte ihr Freude zu sehen, wie hingebungsvoll und geduldig ihr Vater mit ihrem Kind umging und es war praktisch, es gut untergebracht zu wissen, wenn sie Geschäftstermine wahrnehmen musste. Erika stürzte sich förmlich auf Sebastian und überschüttete ihn mit Zuwendung, wie sie es bei Volker getan hatte. Volker hatte in den Vereinigten Staaten geheiratet und ging als Klavierspieler vollkommen in der Musik auf. Er hatte sich aus der Umklammerung der Mutter befreit. Boris war sichtbar gealtert, lebte allein in bescheidenen Verhältnissen und versuchte in Berlin einen beruflichen Neuanfang.

Wilhelm fiel es immer schwerer die Treppe zum Schlafzimmer zu bewältigen, es musste ein Treppenlift eingebaut werden. Er war schnell erschöpft und schlief viel. Trotz der liebevollen Pflege von Erika, nahm sein Gewicht ständig weiter ab, und er klagte über Schwindelgefühle. An einem Novembertag rief er seine Frau und seine Tochter an sein Krankenbett, seine Mitteilung strengte ihn an, er musste immer wieder Pausen einlegen: „Ich habe mich zu wenig um meine Kinder gekümmert und zu viel Kraft in die Firma gesteckt, die der

Familie dann doch entglitten ist. Erika, Du warst mir immer eine gute Ehefrau, aber keine konsequente Erzieherin, Du hast die Kinder verwöhnt und mit Konsum überhäuft und Volker vorgezogen. Silke, Du warst eine verwöhnte Göre und als Heranwachsende sehr auf Deinen eigenen Vorteil bedacht. Du hast dich verändert, hast einen prächtigen Partner an deiner Seite, hast die Firma zurückgebracht und uns einen Stammhalter geschenkt. Ob das Deine Geschwister schaffen, bleibt abzuwarten. Ich bin stolz auf meine gereifte Tochter und glücklich über die gemeinsamen Jahre mit Erika."
In der folgenden Nacht ist Wilhelm friedlich, für immer, eingeschlafen.

Die Beerdigung sollte nur im engsten Kreis der Familie und der Freunde stattfinden. Dazu waren auch Volker und seine Frau aus den USA angereist und Boris aus Berlin. Die drei Geschwister waren seit langer Zeit wieder einmal vereint. Auch der Studienfreund Walter war aus Berlin gekommen und musste sich auf einen Rollator stützen. Volker spielte auf der Klarinette Wilhelms Lieblingslied von Mozart: In diesen heil 'gen Hallen, Erika begleitete ihn auf der Orgel. Als Silke zusammen mit Hugo und ihrem Kind in der ersten Reihe Platz nahmen, setzte sich Boris demonstrativ an das andere Ende der

Bank. Hugo, der einen kurzen, aber innigen Kontakt zu Wilhelm hatte, hielt die Traueransprache, und er schuf auch den Grabstein.

Etwas abseits von der Trauergemeinde stand nahe dem Grab eine junge, fremde Frau, die keine Beileidsbekundungen entrichtete. Als Erika sie ansprechen wollte, war sie verschwunden.

Ihre Kinder waren wieder abgereist, es wurde für Erika einsam in dem großen Haus. Sie hatte allen Komfort und konnte alles tun, ohne auf Wilhelm Rücksicht nehmen zu müssen, das war entspannend, aber der Mittelpunkt ihres Lebens war weggebrochen, er fehlte ihr, und das Gefühl von Einsamkeit wuchs. Bei Besuchen an seinem Grab teilte sie ihm laut ihre Eindrücke und die neuesten Ereignisse mit, als erwartete sie eine Antwort ihres verstorbenen Mannes.

Erst einige Monate nach der Beisetzung fand sie die Muße den Nachlass zu ordnen, dabei stieß sie auf eine sorgfältig verschlossene Schatulle. Erika umspielte ihren Fund mehrfach mit den Händen, als hätte sie einen ägyptischen Grabschatz vor sich, schließlich öffnete sie das geheimnisvolle Kästchen. Sie fand darin das Foto einer hübschen Frau, auf der Fotorückseite war vermerkt Katie 1960, ferner fand sie eine Auflistung von Bankauszügen und eine silberne Tabakdose.

Nach dieser Entdeckung musste sich Erika an der Stuhllehne festklammern und glitt langsam auf die Sitzfläche. Ihre Gedanken flirrten: „Also hatte mein Wilhelm, lange nach der Eheschließung, eine Beziehung zu einer schönen Frau, die ihm eine silberne Tabakdose schenkte, und an die er jeden Monat einen Betrag überwies. Wenn er den Inhalt dieser Schatulle so lange aufbewahrt hat, dann musste diese Frau auch eine gewisse Bedeutung in seinem Leben erlangt haben. Hatte er bei ihr etwas gefunden, das er bei mir schmerzlich vermisste? Möglicherweise ist die Unbekannte auf dem Friedhof die Tochter von Katie und Wilhelm."

Nachdem der erste Schock abgeklungen war, überlegte sie, ohne zu einem Entschluss zu kommen: „Soll diese Schatulle mein Geheimnis bleiben, oder soll ich Katie aufsuchen?"

Eigentlich wollte sie Katie aufsuchen, aber es gab immer wieder Gründe diesen Besuch zu verschieben. Nachdem weitere Monate ins Land gegangen waren, entschloss sich Erika, die geheimnisvolle Katie unangemeldet zu besuchen. Die Adresse fand sie in der Schatulle. Sie erklomm das oberste Stockwerk in dem Mehrfamilienhaus, atmete drei Mal tief durch und drückte endlich den Klingelknopf mit der Aufschrift:

Schimmel. Eine freundliche, junge Frau öffnete: „Guten Tag Frau Schlegel, kommen Sie doch herein, ich bin Sonja."

Erika betrat die helle Dachgeschosswohnung und wurde auf einen Stuhl komplimentiert: „Ich wollte Frau Katie Schimmel sprechen, kann ich sie hier antreffen?"

„Da kommen Sie zu spät, meine Mutter ist vor vier Jahren verstorben."

„Das tut mir leid. Kannte ihre Mutter meinen Mann, Wilhelm Schlegel?"

Sonja stellte einige Getränke auf den Tisch, sah ihre Besucherin mitfühlend an und zögerte ihre Antwort etwas hinaus: „Meine Mutter kannte ihn nicht nur, sie liebte ihn, und ich bin der lebende Beweis dieser innigen Beziehung."

Erika nippte nervös an dem bereitgestellten Tee, sammelte sich wieder und fragte weiter: „Kam er oft hierher, und hatte er sich um sein Kind gekümmert?"

„Ich mochte meinen Vater sehr, er kam mir vor wie ein gütiger König, der wegen der vielen Staatsgeschäfte wenig Zeit hatte, aber immer präsent war und weichenstellend eingegriffen hat, wenn es für seine Prinzessin wichtig war, er hat immer für uns gesorgt und nie einen Geburtstag vergessen."

Erika sah in die klaren Augen von Sonja, wie in einen tiefen, klaren Brunnen, das ermunterte zu weiteren Fragen: „Wollte

Katie keinen Vater, der für ihr Kind sorgt, wollte sie Wilhelm nicht heiraten?"

„Der Ehealltag mit diesem Patriarchen wäre der Tod ihrer Liebe gewesen. Sie war Krankenschwester und liebte ihren aufopferungsvollen Beruf, der ihr Erfüllung schenkte und nicht zu Vaters Welt passte. Sie wollte geliebt werden und ein Kind haben, das hat er ihr geschenkt, ein Ehemann hätte sie unfrei und unglücklich gemacht."

„Was machen Sie beruflich?"

„Ich bin Ärztin und arbeite für die Organisation „Ärzte ohne Grenzen." Nächste Woche ist ein Einsatz in Nordafrika vorgesehen, der mit einigen Gefahren verbunden ist, ich werde trotzdem hinfahren. Als ich Vater mitteilte, dass ich Medizin studieren wollte, stellte er mir eine Frage: Stelle dir ein Szenarium vor, in dem alle Ärzte im Volk einen schlechten Ruf hätten, sie führten überflüssige Operationen durch, nur um viel Geld zu machen, ließen sich von der Pharmaindustrie schmieren, der Chirurg und Professor würde, Schnippel Quacksalber, genannt. In diesem Szenarium wäre der Bauer, aufgewertet als Diplom-Agrologe, ein Landschaftspfleger und ein hochgeachtetes Glied der Gesellschaft, würdest du dann immer noch Ärztin werden wollen? Erst als ich das bejahte, hatte er mich zum Medizinstudium ermuntert. Ich könne die

Welt nicht verändern, aber ich solle versuchen mein Umfeld jeden Tag ein klein wenig besser zu machen."

Erika war angetan von dieser altruistischen Frau, die Verbitterung fiel von ihr langsam ab, sie hatte nicht länger das Gefühl in einem verruchten Nest des Ehebruchs zu hocken, ja, sie entwickelte sogar eine gewisse Empathie für ihre Nebenbuhlerin: „Wie ist Katie gestorben?"

„Meine Mutter war immer ein belastbarer, gesunder und lebensfroher Mensch bis bei ihr Krebs an der Bauchspeicheldrüse diagnostiziert wurde. Sie ist nach sechs Monaten gestorben, die Medizin, die ihr Leben war, konnte ihr nicht helfen."

Sonja ging kurz in die Küche, um frischen Tee zu brühen. Erika nutzte die Gelegenheit und sah sich in der Wohnung um. Wo mag Wilhelm hier gesessen haben, was mag ihn hierher gezogen haben, was ist hier anders als in der Villa? In der Wohnung waren glatte Flächen zu sehen, wenige, zweckmäßige Möbel und viel Licht. Im Gegensatz dazu war die Villa vollgestopft mit Vasen, Figuren, Gobelins, die irgendwann im Urlaub teuer erworben wurden, die vielen Teppiche und Vorhänge dämpften das Licht.

Sonja hat ein klares, dem Allgemeinwohl dienendes Ziel, das sie auch bei Gefahr nicht aus dem Auge verlor und das ihrem

Leben Erfüllung schenkte. Ihre eigenen Kinder strebten nach Konsum, dem Vorbild der Mutter folgend und stritten sich erbittert über die Erbschaft. Sie hatte den kränkelnden Volker erdrückt mit ihrer Fürsorge und dabei Eifersucht bei den Geschwistern ausgelöst. Könnte Wilhelm das so gesehen haben, zog es ihn deshalb hierher? , fragte sie sich.

Sonja brachte den Tee und etwas Gebäck, und Erika setzte ihr Verhör fort: „Hat mein Mann über seine anderen Kinder gesprochen?"

„Er hat selten von seiner Familie und seiner Firma erzählt, ich wusste, dass ich Halbgeschwister habe, die ihm Sorgen bereiteten. Er betrachtete uns als Töchter aus Elysium, die mit so profanen Dingen nicht belästigt werden dürfen."

Als Erika beim Abschied Sonjas Gesicht betrachtete, hatte sie den Eindruck, der junge Wilhelm stehe vor ihr.

Wilhelm hatte in seinem Testament festgelegt, dass Boris ein Viertel der Villa erbt, Erika jedoch ein Wohnrecht auf Lebenszeit hatte und ohne Zustimmung von Erika und den anderen Erben konnte die Villa nicht verkauft werden. Die Goldmünzen und Aktien, die man hätte sofort versilbern können, hatte er Sonja, Erika, Silke und Sebastian vermacht. Boris hatte nur seinen Pflichtanteil. Er machte seine Drohung wahr und focht das Testament an mit der Begründung, sein Vater sei bei Abfassung des Testaments nicht mehr im Vollbesitz seiner geistigen Kräfte gewesen, und seine Schwester habe das zu ihrem eigenen Vorteil ausgenutzt.

Hugo riet Silke einem Rechtsstreit aus dem Weg zu gehen und auf ihr Erbe zu verzichten: „Es wird bei jedem Prozess monatelang im Schmutz gewühlt, Du musst Dich mit Dingen beschäftigen, die Dir keinen Spaß machen und Deine Seele vergiften, Du entfremdest Dich mit Deiner Familie und erhältst im günstigsten Fall etwas, was Du nicht benötigst um glücklich zu bleiben."

Silke war verärgert über die böse Unterstellung ihres Bruders, aber in ihr Hass war abgeklungen und von einem Gefühl des Mitleids und der Fürsorge ersetzt worden. Sie fühlte sich Hugo sehr nah und hatte seine Weltanschauung verinnerlicht. Die Gewandelte hatte gute Erfahrungen mit seinen Vorschlägen gemacht und lehnte, nach einigem Zögern, ihre Erbschaft ab.

Erika war entsetzt, dass ihr Sohn seinen Vater als geistig verwirrt bezeichnet hatte, nur um finanzielle Vorteile zu erstreiten. Die Klage wurde zwar abgewiesen, aber eine weitere Entfremdung der Familienmitglieder blieb.

Kapitel 12

Verlockungen des Nugget-Fonds

Nach der Wiedervereinigung Deutschlands und der Ernennung Berlins zur Hauptstadt, setzte dort eine rege Bautätigkeit ein, sowohl in der Stadt als auch auf den Zufahrtsstraßen. Boris hoffte in dieser Stadt im Aufbruch einen Neuanfang schaffen zu können.

Die Schlegel AG hatte Boris zusammengerafft und wieder verloren, sein aberkannter Doktortitel stellte ihn als Betrüger bloß, seine Verurteilung wegen Urkundenfälschung und Betrugs stempelte ihn zum Kriminellen. Mit diesem Hintergrund und einem Alter von fast fünfzig Jahren war er auf dem Arbeitsmarkt nicht interessant, daher hatte er große Probleme einen beruflichen Neuanfang zu finden. Seine zahlreichen Bewerbungen als Geschäftsführer oder Verkaufsleiter wurden alle abschlägig beschieden und seine finanziellen Reserven waren erschöpft. Boris musste jeden Job annehmen und war mal als Versicherungsvertreter tätig, mal als Verkäufer von Staubsaugern oder Kaffeemaschinen. Seine deprimierendste Tätigkeit war die als Vermittler von Betriebsberatungen. Dabei musste er durchschnittlich fünfzig, aus dem Telefonbuch akquirierte, Firmen am Tag anrufen, um einen einzigen Gesprächstermin vereinbaren zu können. Er musste gebetsmühlenartig den Text vortragen: „Ich rufe Sie vom Deutschen Beratungsdienst an, unsere Aufgabe ist es Ihnen Möglichkeiten aufzuzeigen, wie Sie Steuern sparen können und Schwachstellen in Ihrem Betrieb erkennen können...", spätestens dann sagten viele seiner Gesprächspartner: „Sie sind heute schon der Dritte, der mich mit diesem Unfug belästigt."

Das zehrte an seinem Selbstwertgefühl und machte ihn krank, Magengeschwüre stellten sich ein. Er fühlte sich wie ein Priester, der den Ablasshandel, gegen seine innere Überzeugung, betreiben musste. Er suchte krampfhaft nach Alternativen. Bei dieser hündischen Tätigkeit lernte er Egon Schulz kennen, der Baron genannt wurde, und der sich in einer ähnlich verzweifelten Situation befand wie Boris. Egon Schulz hatte tatsächlich den Titel eines Konsuls und durfte sich Baron von Lichtenburg nennen. Er war genauso mittellos, wie Boris und musste Betriebsberatungen verkaufen, um sich über Wasser zu halten.

An diesem Tag hatten beide wieder einmal keinen einzigen Gesprächstermin vereinbaren können, obwohl sie fleißig telefoniert hatten. Sie setzten sich in die nahegelegene Bar, um ihren Kummer herunterzuspülen.

„Wie bist du zu deinem Titel gekommen?", fragte Boris interessiert seinen Leidensgefährten.

„In meinen Glanzjahren war ich erfolgreich in der Finanzwelt und hatte gute Beziehungen zum Fürstenhaus, ich wollte die Prinzessin sogar heiraten. Um mich salonfähig zu machen, hat man mir den Titel verliehen. Die Prinzessin wandte sich dann einem anderen Verehrer zu, und die geplante Hochzeit ist geplatzt."

Boris erzählte aus seinem Leben und als das Gespräch auf den Zusammenbruch der Schlegel AG kam, bemerkte Egon anteilnehmend: „Na, da hat dir dieser Joachim Kowalsky einen bösen Streich gespielt."

„Wie kommst du denn auf den Kerl, der mit meiner Schwester liiert war?"

„Rate einmal, wer dem Finanzamt Deine Kontodaten zugespielt hat und den Geisterschreiber Deiner Doktorarbeit ausfindig gemacht hat?", fragte Egon und nickte vielbedeutend mit dem Kopf.

Boris erkannte plötzlich Zusammenhänge, die er vorher nicht ahnte und seine Wut auf seine hinterlistige Schwester wuchs. Er reichte eine Klage gegen Silke ein, die, im Gegensatz zu ihm, in gesegneten finanziellen Verhältnissen lebte. Das Gericht stellte fest, dass keine Gesetzesverstöße bei der

Übertragung der Schlegel-Hydraulik GmbH festgestellt werden konnten und wies die Klage ab.

Vier Jahre nach ihrem Mann verstarb Erika nach kurzer Krankheit, und Boris konnte endlich sein Erbe antreten in Absprache mit seinen Geschwistern. Nach dem Verkauf der Villa konnte er über eine halbe Million Euro verfügen, die seinem Anteil entsprach, und die er für die Gründung eines Anlagenfonds einsetzen wollte. Zusammen mit Egon gründete er eine Firma, die auf den vielversprechenden Namen: Nugget-Fonds, im steuerbegünstigten Lichtenstein eingetragen wurde.
Der Nugget-Fonds bot risikobereiten Anlegern eine garantierte Rendite von fünfundzwanzig Prozent plus Bonus an. Das Wort: Nugget, sollte eine Assoziation zu den legendären Goldklumpen von amerikanischen Goldsuchern herstellen. Der mittellose (das wurde in den Prospekten verschwiegen) Baron von Lichtenburg verpflichtete sich mit einer Bürgschaft für die Verbindlichkeiten des Nugget-Fonds einzustehen und sein Titel sollte bei Interessenten den Eindruck von Seriosität erzeugen. Die Leistungen des Fonds wurden auf eindrucksvoll bebilderten Glanzprospekten dargestellt. Die Auszahlung der hohen Rendite und des Bonus an die ersten Fondsinhaber

wurde werbewirksam im Fernsehen und in den Zeitungen gewürdigt.

Für den Vertrieb der Fondsanteile setzte Boris Finanzberater ein, und er hatte einen alten Kontakt zu Herrn Täuschel reaktiviert, der inzwischen in seiner Bank zum Gebietsleiter Süd avanciert war. Herr Täuschel bot die Nugget-Fondsanteile über seine Bankfilialen an und kassierte dafür üppige Provisionen. Auf dem Finanzmarkt war der Fonds erfolgreich, die hohe Rendite lockte gierige Anleger an, und es floss unerwartet viel Kapital zu, auch weil einige Fondskunden Geld aus dunklen Kanälen in Lichtenstein verstecken wollten.

Es gab auch eine Reihe von Kunden, die nur ihre Ersparnisse gewinnbringend anlegen wollten. Darunter befand sich das ältere Ehepaar, Margot und Hans Gluck, die ihre Altersversorgung absichern wollten und das Gespräch mit Herrn Täuschel suchten: „Unsere Rente ist bescheiden, aber wir haben etwas gespart, das wir gewinnbringend anlegen wollen. Altwerden ist schon schwer, aber alt und arm zu sein ist ein Elend", eröffnete Herr Gluck das Gespräch.

„Wir haben da eine Reihe von Finanzprodukten, die alle lukrativer sind als die Sparbuchzinsen", erwiderte Herr Täuschel lächelnd und dachte an seine Provision: „Ich möchte Sie auf unseren Nugget-Fonds aufmerksam machen, der im

Augenblick unser Renner ist mit dem sehr attraktiven Zinssatz von fünfundzwanzig Prozent."

„Gibt es denn dabei keinen Pferdefuß?", wollte der misstrauische Kunde wissen.

„Unser ganzes Leben ist ein Risiko. In diesem Fall wird die Rendite garantiert und der Baron von Lichtenburg hat eine Bürgschaft übernommen, da würde ich mir keine Sorgen machen."

Er wusste sehr genau, dass Fonds mit so hohen Renditen nicht seriös sind und verletzte seine Pflicht, seinen Kunden auf das Risiko hinzuweisen. Wie sich später herausstellte, waren Herrn Glucks Zweifel durchaus angebracht, seine Ersparnisse wurden wertlos und das Ehepaar konnte bei einer Rente von tausendzweihundert Euro im Monat ihre vertraute Wohnung nicht mehr halten und war gezwungen in eine kleinere Wohnung in einem fremden Umfeld umzuziehen.

Boris legte das Fondskapital in Silberminen, Ölbohrplattformen, Finanzprodukten und Solaranlagen an, konnte jedoch, wie erwartet, die versprochene Rendite von fünfundzwanzig Prozent nicht erwirtschaften. Einen Teil der Einzahlungen leitete er über Umwege auf sein Nummernkonto in der Schweiz und verschaffte sich so ein verstecktes, privates

Polster. Solange dem Fonds über Anteilsverkäufe weiter Kapital zufloss, hatte Boris kein Problem die versprochene, aber nicht erwirtschaftete, Rendite auszuzahlen. Auch nach einigen Jahren noch wurde die Rendite von fünfundzwanzig Prozent pünktlich ausbezahlt und das Vertrauen in den Nugget-Fonds wuchs.

Im Jahr 2008 setzte europaweit eine Wirtschaftskrise ein und viele Inhaber von Nugget-Fondsanteilen wollten nicht nur ihre Rendite ausbezahlt haben, sondern ihren Fonds verkaufen. Der aufgelaufene Fehlbetrag wurde nun aufgedeckt, der Fonds war nicht mehr in der Lage seine Kunden zu bedienen und Boris musste Konkurs anmelden. Ihn traf das nicht unvorbereitet, und er konnte auf sein privates Polster zurückgreifen. Sein Kompagnon Egon hatte nicht die Möglichkeit Geld abzuzweigen und sich ein Polster anzulegen. Er war zwar vorher schon mittellos, jetzt aber war er hochverschuldet, denn er musste, über seine Bürgschaft, für den zahlungsunfähigen Fonds haften.

Boris war es gelungen fünf Millionen Euro für sich abzuzweigen, er hatte also sein eingesetztes Kapital in sechs Jahren verzehnfacht. Seine Vorgehensweise war betrügerisch, denn das heimlich abgezweigte Geld stand dem Konkursverwalter zu, aber dieses Mal hatte Boris keine

Urkundenfälschung begangen und konnte nicht belangt werden, solange das unterschlagene Geld nicht entdeckt wurde. Egon versuchte sich aus seiner verzweifelten Situation zu befreien und suchte das Gespräch mit seinem Kompagnon. Er wusste, dass Boris Gelder abgezweigt hatte, ohne jedoch Details zu kennen:

„Du bist fein raus und hast für Dich gesorgt, ich bleibe auf einem Riesenberg Schulden sitzen und stehe schlechter da als am Anfang, findest Du das gerecht?"

„Du hast in den letzten sechs Jahre nicht schlecht gelebt, oder? Ich habe eine halbe Million Euro eingebracht, Du nur deinen wertlosen Titel. Was willst Du mit deiner Formulierung, ich habe für mich gesorgt, andeuten?"

Egon sprang so heftig auf, dass sein Stuhl umkippte: "Ich weiß, dass Du mehrere Millionen beiseite geschafft hast und ich will davon einen fairen Anteil, sonst platzt die Bombe!"

„Du kannst jederzeit die Bücher einsehen, Du wirst keine abgezweigten Gelder entdecken, weil es sie nicht gibt. Dein Anteil beläuft sich auf null Prozent von Null."

„Wenn wir keine Regelung finden, wirst Du das bereuen. Du kannst sicher sein, dass ich alles aufdecken werde!"

Boris schmunzelte zufrieden, denn er merkte, dass Egon nichts Konkretes in der Hand hatte und fragte spöttelnd: „Habe ich

das Finanzamt auf Deine fingierten Spesenabrechnungen hingewiesen? Niemals, so etwas ist unter Ehrenmännern nicht üblich!"
Die Beiden trennten sich im Streit, ohne dass eine Einigung sichtbar wurde.

Boris kehrte in den riesigen Bungalow zurück, den er alleine bewohnte, drehte einige Runden in seinem Schwimmbecken, um sich den Tagesschmutz abzuspülen, goss sich einen Whisky ein und ließ sich in einen Sessel fallen. Er überlegte, ob Egon, der alte Fuchs, vielleicht doch Beweise für die illegalen Abzweigaktionen beschaffen könnte.
Plötzlich war er wieder da, der Schmerz in der Magengegend, Boris krümmte sich zusammen, aber es wurde nicht besser, die Nackenhaare stellten sich auf, er fühlte sich einer Ohnmacht nahe und musste sich übergeben. Wenn ich jetzt sterbe, dachte er, werde ich erst in einigen Tagen gefunden, wenn die Putzfrau kommt. Mir fällt niemand ein, der meinen Tod beweinen würde. Er musste an seine Missetaten denken und sah den vom Bürohaus springenden Herrn Tucher vor sich, der jetzt in seinem Magen Purzelbäume zu schlagen schien. Er überlegte, ob sich nicht wenigstens eine gute Tat in seiner traurigen Bilanz finden lässt. Ihm fiel nur eine Begebenheit aus

der lange zurückliegenden Schulzeit ein, als er sich schützend vor einen Schüler stellte, der von den anderen gehänselt wurde, so wie er selbst. Boris dachte an das Gedicht von Friedrich Schiller, Ode an die Freude, das er in der Schule auswendig lernen musste:
Wem der große Wurf gelungen eines Freundes Freund zu sein, wer ein holdes Weib errungen, mische seinen Jubel ein.
Ja, wer auch nur eine Seele sein nennt auf dem Erdenrund
und wer es nie gekonnt, der stehle weinend sich aus diesem Bund.

Boris konnte keine Seele auf dem Erdenrund sein nennen, er hatte in seinem Leben alle christlichen Gebote und Verbote gründlich missachtet. Statt seine Eltern zu ehren, hatte er sie verklagt, er hatte die Güter seiner Nächsten begehrt und sich angeeignet, er hatte gelogen und betrogen, das wurde ihm vom Gericht bescheinigt und schließlich hatte er Menschen in den Tod getrieben. Er war kein gläubiger Mensch, musste aber sich eingestehen, dass die Zehn Gebote durchaus einen Sinn haben, der jedoch von seiner Gier ausgehebelt wurde. Er saß mutterseelenallein mit trüben Gedanken in seinem schicken Bungalow, von tierischen Schmerzen geplagt und deprimiert, es wollte sich kein Glücksgefühl einstellen. Der Missetäter glaubte nicht an eine Hölle im Jenseits, aber vielleicht erlebte er jetzt die Hölle schon auf Erden.

Die Magenkrämpfe ließen etwas nach und ein intensives Gefühl von Reue keimte in Boris auf, er musste an Gerda denken, die er so kalt und ungerecht abgewiesen hatte. Er rechnete nach, sein Sohn müsste jetzt etwa siebzehn Jahre alt sein, es überkam ihn eine zärtliche Sehnsucht ihn und Gerda zu sehen. Ein Familienleben hatte er bisher als spießig empfunden und verachtet, plötzlich sehnte er sich genau danach. Rückblickend empfand er sein eigenes Familienleben eher enttäuschend als beglückend. Wilhelm mag ein tüchtiger Geschäftsmann gewesen sein, als Vater war er eine Fehlbesetzung und von seiner Mutter fühlte sich Boris nicht geliebt. Seine Schwester Silke hasste er von Herzen und seinen Bruder Volker hat er nie für voll genommen. Trotz dieser Mängel hat diese Familie ihm Geborgenheit und Anteilnahme gegeben, er war Teil einer Gemeinschaft, die zusammenhielt, ohne Hintergedanken. Auch als er ein Auto gestohlen und zu Schrott gefahren hatte, hielt die Familie zu ihm. Seine sogenannten Freunde und Geschäftspartner pflegten den Kontakt, um Vorteile zu erhaschen, oder ihn in eine Falle zu locken. Er musste immer auf der Hut sein, wie ein Tier, das im Wald von Raubtieren umzingelt ist. Dazu war er inzwischen zu müde, er wollte irgendwo hingehören, losgelöst von berechnenden Überlegungen.

Der Reumütige griff nach seinem Handy, wählte: Kontakte, aus und hoffte Gerdas Telefonnummer zu finden, dort war sie jedoch nicht gelistet. Gut, dass ich das alte Adressbuch nicht weggeworfen habe, dachte er und kramte es hervor. Als er fündig wurde, überlegte er, die hat bestimmt geheiratet und führt einen anderen Namen, oder sie ist in eine andere Stadt gezogen. Wenn ich sie anrufe, wird sie sofort auflegen, oder mich mit Vorwürfen bombardieren. Er legte das Notizbuch wieder zur Seite und blätterte in einer Illustrierten ohne zu lesen. Boris dachte immer wieder an das unbekannte Wesen, das ihn zum Vater gemacht hatte. Voller Unruhe blickte er auf seine Armbanduhr, kurz nach zwanzig Uhr, noch nicht zu spät. Er tippte mit zitternder Hand Gerdas Nummer ein.

„Hallo", meldete sich eine fröhlich klingende Stimme, er wusste sofort, dass es die Stimme von Gerda war.

„Hier spricht Boris, ich hoffe ich störe nicht und wollte in Erfahrung bringen, wie es Euch geht."

Es trat eine längere Pause ein, Schluckgeräusche waren zu hören, dann antwortete die Angerufene: „Ich bin überrascht nach so langer Zeit von Dir zu hören, sicherlich kannst Du Dir vorstellen, dass sich meine Begeisterung über Deinen Anruf in engen Grenzen hält."

„Ich kann Dich gut verstehen und bedauere, wie ich mich damals verhalten habe. Ich sehe heute alles anders, möchtest Du meine finanzielle Unterstützung haben, die Dir eigentlich zusteht?"

Gerda räusperte sich, um Zeit zu gewinnen und antwortete: „Der Anspruch stünde Deinem Sohn Jörg zu, ich glaube er würde ihn ablehnen. Damals hätte ich das Geld dringend benötigt, da hast Du mir Geld für eine Abtreibung angeboten und mich in den Schmutz gezogen. Inzwischen geht es mir sehr gut, und Jörg wird sogar ein Stipendium erhalten, Dein Angebot kommt siebzehn Jahre zu spät!"

„Hat Jörg sich nie für seinen leiblichen Vater interessiert?"

„Als er in die Schule kam, wurde er von den anderen Schülern gehänselt, weil er keinen Vater hatte, da wollte er wissen, wer sein Vater ist. Ich habe ihm erklärt, dass sein Vater sehr krank ist, da er unter dem Geldgierwahn leidet und unentwegt blödsinnige Dinge tun muss und diese Sucht seinem eigenen Glück im Wege steht, was sehr traurig ist. Da hat Jörg das Interesse an seinem Vater verloren und sich meinem Freund Daniel zugewandt und betrachtet ihn als seinen geliebten Vater."

Bei diesem Satz fiel Boris das Handy aus der Hand und als er sich danach bückte, stieß er mit dem Kopf an die Tischkante: „Hallo, bist Du noch dran? Ich denke, das alles sollten wir nicht am Telefon besprechen. Ich bin neugierig, wie Du jetzt aussiehst und ich würde Jörg gern kennenlernen. Kann ich Euch besuchen, oder wollt Ihr zu mir kommen?"

„Ich denke, das ist keine gute Idee. Jörg ist ein intelligenter, selbstbewusster Mann, er würde Dir unangenehme Fragen stellen und am Ende entsetzt über seinen Erzeuger sein. Ich werde ihn fragen, ob er sich das antun will."

Boris fügte mit flehenden Worten hinzu, die wie Klagerufe eines Bettlers klangen: "Du hast bestimmt Einfluss auf den Jungen, es wäre mir sehr wichtig ihn zu treffen, damit er sich ein eigenes Bild von seinem Vater machen kann. Ich habe genug Geld, um ihm die beste Ausbildung zu ermöglichen und würde es liebend gern dafür einsetzen."

„Eine bescheidene Menge an Geld zu haben ist nützlich, verfügt jemand über viel Geld erhebt sich die Frage auf welche Weise er es verdient hat. Lässt sich dabei keine überzeugende Antwort finden, so wirkt das glückshemmend. Jörg erhält ein Stipendium und benötigt Dein Geld nicht für seine Ausbildung. Wenn Du plötzlich Geld für einen anderen Menschen ausgeben willst, dann sind das ganz neue Züge an Dir, vielleicht ist dein

Geldgierwahn im Abklingen, das würde mich freuen. Rufe mich in einer Woche um dieselbe Zeit an, dann weiß ich, ob Jörg Dich sehen will."

Gerda hatte grußlos aufgelegt. Er fühlte sich wie ein verdorrter Olivenbaum, der seit hundert Jahren keine Früchte getragen hat und nur noch die Landschaft verschandelt. Er hatte auf der Beerdigungsfeier seiner Mutter die verhasste Schwester mit Mann und Kind beobachtet, die in Harmonie miteinander verbunden sich zeigten, Gerda machte am Telefon auch einen glücklichen Eindruck, als sie über ihren Sohn sprach, nur er selbst lebte in einem ergaunerten Bungalow alleine und fühlte sich gejagt, ausgebrannt, von Schmerzen geplagt und unglücklich.

Die Woche bis zu dem vereinbarten Rückruf erschien ihm endlos. Boris bastelte an einem glaubwürdigen, etwas geschönten Lebenslauf herum, der die Chance hatte von seinem Sohn akzeptiert zu werden, aber er konnte keine plausiblen Erklärungen für seine Werke finden, er war verzweifelt.

Der Baron hatte sich wieder gemeldet und brachte einen gewissen Rainer Stahl ins Gespräch, der an einer der illegalen Transaktionen von Boris beteiligt war, der aber selbst Dreck am Stecken hatte und wahrscheinlich nicht aussagen würde. Die Gefahr einer Aufdeckung wuchs und beunruhigte den reumütigen Schurken, er dachte über eine Selbstanzeige nach, die auch seinen Wunsch nach einem Neuanfang glaubhafter erscheinen lassen würde.

Endlich war die Woche vergangen und pünktlich, kurz nach zwanzig Uhr, griff Boris zum Telefon und wählte Gerdas Nummer, die er inzwischen auswendig kannte: „Ich bin froh Deine Stimme zu hören, wann kann ich Dich und Jörg sehen?"

„Ja, Jörg will Dir einige Fragen stellen, Du kannst uns morgen gegen sechzehn Uhr besuchen, die Adresse ist unverändert."

Wieder hängte sie grußlos ein. Er musste den vereinbarten Termin mit Rainer Stahl absagen, denn er wollte Jörg unbedingt treffen. Am nächsten Tag besorgte er siebzehn rote Rosen, für jedes Jahr der Trennung eine Rose und fuhr mit klopfendem Herzen zu Gerda. Die drei Stockwerke überwand er schwitzend und stand vor der Klingel wie ein Schüler bei seinem ersten Rendezvous:

„Guten Tag Gerda, schön Dich wiederzusehen, ich habe Dir Blumen mitgebracht", stotterte er, bestrebt gute Laune zu verbreiten. Die Einrichtung bestand aus geschmackvollen Holzmöbeln und einer gemütlichen Sitzgarnitur, im Hintergrund, auf einem Schaukelstuhl, saß Jörg, ein schlanker, dunkelhaariger Jüngling, mit markanten Gesichtszügen, die ihn an Wilhelm erinnerten.

„Rosen mag ich nicht, Lilien sind meine Lieblingsblumen und die Farbe Rot, scheint mir nicht angebracht. Schenke die Blumen einer anderen Frau, bei der Du etwas gutzumachen hast. Darf ich Dir einen Tee anbieten?"

Jörg blieb in seinem Schaukelstuhl sitzen und hob zum Gruß nur kurz die Hand: „Vor siebzehn Jahren wollten Sie mich abtreiben lassen, warum wollen Sie mich heute sehen?"

„Ich fühlte mich nicht reif für eine Vaterrolle und ich wollte meine Kraft in den Aufbau der elterlichen Firma setzen."

Der Sohn lächelte verächtlich: „Sie hatten das reife Alter von vierzig Jahren und die Schlegel-Hydraulik GmbH haben Sie nicht aufgebaut, sondern an die Wand gefahren."

„Im Leben läuft nicht immer alles, wie man es sich wünscht, das wirst Du auch noch erfahren. Ich bin, zugegebenermaßen, spät gekommen, um meinen Sohn kennenzulernen, der damals keinen Platz in meinem Leben hatte, heute bin ich glücklich, dass es Dich gibt", er setzte sich und hielt sich an der bereitgestellten Teetasse fest, Gerda setzte sich zwischen beide.

„Es bedrückt mich von einem Menschen abzustammen, der Firmen, wie warme Semmeln, aufgekauft hat, nur um sie platt zu machen, die Mitarbeiter ins Unglück zu stoßen und um sich selbst zu bereichern."

„Die Gesetze des Marktes machen manchmal unpopuläre Maßnahmen erforderlich, um ein Überleben zu sichern, ähnlich wie die Herde ein krankes Tier ausstößt. Der Unternehmer, der immer nur der gute Onkel sein will, muss bald Konkurs anmelden!"

„Mein Großvater hat gezeigt, dass unternehmerisches Handeln und soziale Verantwortung sich ergänzen können und angemessene Renditen ermöglichen. Konkurs haben Sie mit dem Nugget-Fonds gemacht, ohne ein guter Onkel zu sein, sondern ein Betrüger, der die Sparer um Millionen geprellt hat."

Boris rutschte unruhig auf seinem Stuhl herum, er suchte den Blickkontakt mit Gerda, die betrachtete stolz ihren Sohn: „Die Weltwirtschaftskrise hat viele gesunde Unternehmungen in den Abgrund gerissen, so auch den Nugget-Fonds, der immer als solides Finanzprodukt betrachtet wurde. Bei dem Konkurs konnte ich einen Teil meiner Einlage retten, davon möchte ich wenigstens Deine Ausbildung bezahlen, nachdem ich bei der Zahlung der Alimente stark in Rückstand geraten bin."

„Die Gründer des Nugget-Fonds wussten sehr genau, dass eine versprochene Rendite von fünfundzwanzig Prozent, die nicht verdient werden kann, später zu einem Zusammenbruch führen muss. Das Geld, das aus dem Fonds gerettet wurde, steht den geschädigten Anlegern zu, ich würde das nicht einmal mit einer Beißzange anfassen wollen!"

Gerda stimmte zwar ihrem Sohn zu, wollte jedoch eine Brücke bauen und sagte: „Herr Schlegel hat sich verändert und bemüht sich die Fehler der Vergangenheit zu korrigieren, das finde ich erfreulich."

Jörg schaukelte etwas heftiger auf seinem Schaukelstuhl und verschränkte die Arme vor seiner Brust: „Ich denke der Gemütswandel bei meinem Erzeuger, der mir nie ein Vater war, ist weniger auf Reue zurückzuführen, viel mehr auf die Einsamkeit im Alter und daher egoistisch, wie bisher. Wo keine inneren Beziehungen im Laufe der Jahre gewachsen sind, lassen sie sich nicht durch eine gestohlene Spende herbeizaubern. Ich fühle mich mit Daniel verbunden, der mich geliebt und gefördert hat, wie ein Vater. Boris der Schreckliche hat da keinen Platz."

Gerda schenkte Tee nach und blickte den Gast mitleidig an: „Ich habe es befürchtet, dass dieses Gespräch keine Annäherung bringen würde, ich hätte es mir gewünscht."

Boris erhob sich, um zu gehen und verkündete: „Es ist das Privileg der Jugend kritisch zu sein, ich war es auch. Im Laufe eines Lebens wird die Kritik leiser, weil man sich eigene Fehler eingestehen muss. Ich konnte mich nie in der wärmenden Liebe meiner Mutter sonnen, so wie Du es kannst. Ich musste um Anerkennung buhlen und habe dabei oft jedes Maß verloren. Auch wenn Du Deinen Erzeuger nicht achten kannst, wünsche ich Dir einen glücklichen Lebensweg, mögest Du mehr Erfüllung finden, als sie mir zuteilwurde."

Boris nahm die welkenden Rosen und wankte dem Ausgang entgegen. Er war verzweifelt, dass es ihm nicht gelungen war seinen Standpunkt verständlicher zu machen, und sein Sohn ihn so gründlich verachtete. Er fühlte sich wie Napoleon auf dem Rückzug, der nach der verlorenen Russlandschlacht seine Armee verloren hatte. Als er Gerdas Wohnungstür hinter sich zugezogen hatte, wusste er, dass sie sich nie mehr für ihn öffnen würde.

Kapitel 13
Hacker machen Kasse

In der Küche war leise Musik aus dem Radio zu hören, Gerda klappte gemächlich das Bügelbrett auf und begann gedankenverloren zu bügeln. Sie dachte zurück an das verunglückte Zusammentreffen mit Boris: Jörg fordert hehre Verhaltensweise von seinem Erzeuger ein und scheint wenig kompromissbereit, fast selbstgerecht, zu sein. Hoffentlich gelingt es ihm in seinem Leben sich immer so zu verhalten, dass seine moralischen Ansprüche erfüllt werden.

Seit dem Wiedersehen beobachtete sie intensiver das Verhalten ihres Sohnes. Er hatte die Intelligenz von Boris geerbt, hatte er auch seine Charakterschwächen in sich? Sein Gang und manche Gesten erinnerten an den Vater. Im Radio wurde die Musik durch den Nachrichtensprecher unterbrochen. Gerda hörte nur mit einem halben Ohr hin, es war die Rede von Hackern, denen es gelungen war Zugriff auf Kundendaten einer Kaufhauskette zu erlangen, das interessierte sie nicht sonderlich. Sie beendete ihre Bügelarbeiten und bereitete das Mittagessen vor. Als sich Jörg, der im Umgang mit dem Computer viel geschickter war als seine Mutter, an den Tisch setzte, fragte sie beiläufig: „Was hat man sich unter einem Hacker vorzustellen?"

„Hacker sind technikbegeisterte Programmierer, denen es gelingt sensible Daten von anderen Internetbenutzern herauszufischen."

„Und was wollen sie mit den Kundendaten einer Kaufhauskette, wie Schuh- und Kleidergröße, anfangen?"

Jörg schmunzelte und angelte sich einen Kloß, den er hoch warf und wieder auffing, wie ein Jongleur: „Daten über Kaufgewohnheiten lassen sich verkaufen, dafür gibt es einen Markt. Die kriminellen Hacker interessieren sich mehr für Bankdaten, wie Konto- und Kreditkartennummern und PIN, um Geld auf ihr eigenes Konto abzweigen zu können."

„Meine PIN-Nummer verrate ich niemanden, nicht einmal Dir. Ich bestelle gelegentlich über das Internet, dabei wird meine Kreditkartennummer verlangt. Wird damit die Möglichkeit zum Missbrauch eröffnet?"

„Innerhalb einer Frist kann eine Buchung rückgängig gemacht werden. Schurken nutzen Schwachstellen beim Internet-Browser und zweigen Gelder auf Konten ab, die sie sofort wieder auflösen, um eine Rückbuchung zu verhindern. Computerverbrechen sind keine Seltenheit, der dadurch entstehende Schaden wird in Deutschland auf ein Prozent des Bruttosozialproduktes geschätzt. Der alte, bewaffnete Banküberfall, mit Revolver und maskiertem Gesicht, ist außer

Mode gekommen, der moderne Räuber sitzt vor dem Bildschirm."

Wie jeden Donnerstag, spazierte Gerda am Nachmittag zu ihrer Bank, um Bargeld und die Kontoauszüge abzuholen. Sie war schockiert über eine Abbuchung über neunhundert Euro, für die es keine Erklärung gab. Am Bankschalter wurde ihr die Auskunft erteilt, die Abbuchung sei über ein ausländisches Konto erfolgt, die Chancen für eine Rückbuchung seien zweifelhaft, sie solle sicherheitshalber ihr Konto sperren lassen. Das war ärgerlich und mit Kosten verbunden. Sie wurde an das Gespräch mit ihrem Sohn erinnert und fragte sich, was sie tun könnte, um solche *Cyberdiebstähle* zu verhindern.

Jörg hatte sich um einen Ausbildungsplatz bei der Sturm GmbH beworben, und er erhielt einen Zwischenbescheid, dass er zu der engeren Auswahl der Bewerber gehörte. Der Briefverfasser Roland Kirch bat um Auskunft, über welche Computerkenntnisse der Bewerber verfügen konnte. Wie Jörg später feststellen musste, suchte Herr Kirch gezielt den Kontakt zu begabten und computerbegeisterten Programmierern, die er für eine Sonderaufgabe einsetzen wollte. Er wurde bei seinem Bewerbungsdurchgang fündig. Losgelöst von Jörgs

Bewerbung, knüpfte er Kontakt zu Peter und Jens, die ein Gymnasium besuchten. Beide waren computerbegeistert, besonders für Computerspiele, aber auch für knifflige Programmieraufgaben und wollten sich ein Taschengeld verdienen. Er mietete eine Wohnung an, die er den jungen Leuten kostenlos zur Verfügung stellte und beschaffte alle Geräte und Programme, die ein Programmierer benötigt.

Peter, ein großer, dunkelhaariger Jüngling, der mit wippendem Gang daherkam, war von diesem Angebot begeistert, weil sich diese Wohnung auch für ein Stelldichein nutzen ließ. So ein Liebesnest eröffnete ihm die Möglichkeit, sich bei den oft auftretenden Spannungen mit seinem Vater aus der elterlichen Wohnung zurückzuziehen.

Jens war kleiner, als sein Freund, etwas pummelig und hatte blond gelockte Haare und stets ein Lied auf den wulstigen Lippen. Er schwärmte für die Geräte und die Software, die er sich nie hätte leisten können. Er achtete seine Eltern, fand aber ihre Lebensweise spießig und begrüßte die Möglichkeit aus diesem kleinkarierten Leben ausbrechen zu können und sich ein zusätzliches Taschengeld zu verdienen.

„Ich möchte unsere Angebotskalkulation vereinfachen und übersichtlicher gestalten. Wenn es Euch gelingt, das vorhandene Programm in diesem Sinne zu verbessern, zahle ich Euch eine Prämie von zweitausend Euro", bot der Wohnungsgeber an, als er die neuen Mitarbeiter besuchte.

Die beiden Amateurprogrammierer führten einige Gespräche mit Mitarbeitern des Hauses, erarbeiteten ein Konzept, das sie mit dem Geschäftsführer, Herrn Kirch, abstimmten und hatten nach einigen Wochen ein funktionsfähiges Programm erstellt, das übersichtlicher und einfacher war als das Bisherige.

„Jungs, das war saubere Arbeit", bemerkte der Boss, klopfte beiden auf die Schulter und überreichte zweitausend Euro in bar. „Unsere Firma ist auf dem Gebiet der Wehrtechnik tätig, Ihr seid ja nun Mitglieder der Firma. Wenn Ihr Lust zum Ballern habt, kommt einmal auf unseren Schießstand."

Peter und Jens, die noch nie eine scharfe Waffe in der Hand hatten, waren neugierig und begeistert. Sie ballerten auf dem Schießstand nach Herzenslust mit den unterschiedlichen Waffen der Sturm GmbH um die Wette. Anschließend wurden sie zu einem noblen Essen ins Kasino eingeladen, dabei wurden sie dem Firmeninhaber Herrn Sturm vorgestellt.

Nach einigen Wochen erschien der Boss erneut in der Wohnung, er schlüpfte in die Rolle der guten Glucke, die für ein warmes Nest ihrer Küken sorgt: „Jungs, wie ist die Stimmung hier? Ich habe ein paar Getränke mitgebracht, die können inspirierend wirken und sollen den Durst löschen, nicht nur bei der Arbeit. Was Ihr an Computerspielen und Partys hier veranstaltet, ist Eure Sache, solange sich niemand im Haus beschwert. Jede Programmiertätigkeit für unser Haus muss streng vertraulich behandelt werden, das ist Euch ja klar, und ich bitte das mit eurer Unterschrift hier zu bestätigen."

Beide leisteten die Unterschrift, ohne die Vereinbarung richtig gelesen zu haben, denn alles lief zu ihrer Zufriedenheit. Leider war die Prämie inzwischen aufgebraucht und sie waren gierig darauf sich eine weitere Prämie zu verdienen.

„Wenn Ihr pfiffige und kreative Programmierer seid, dann habe ich etwas für Euch, eine Sonderaufgabe, die eigentlich nur von Experten ausgeführt werden kann", er ließ eine Pause eintreten und klimperte mit dem Schlüssel seines Porsche auf dem Tisch, den man durch die Balkontür vor dem Haus sehen konnte. Er lächelte Peter an, der gerade seinen Führerschein gemacht hatte.

Die beiden jungen Leute rückten ihre Stühle dichter zusammen und sahen den in Andeutungen Sprechenden fragend an.

„Seid Ihr so begabt *in fremde Computer eindringen* zu können?"

„Das kommt auf die benutzte Software und das installierte Antivirenprogramm an, wir können versuchen einen Trojaner zu installieren", antwortete Peter und starrte auf den Porscheschlüssel.

„Das ist eine sportliche Herausforderung für Euch. Wenn es Euch gelingt in das Netzwerk eines Ministeriums einzudringen, könnt ihr meinen Porsche vollgetankt am Wochenende haben und bekommt noch eine Hotelübernachtung bezahlt. Wenn Ihr das geschafft habt, sage ich Euch, welche Informationen mich interessieren, dann winken fünftausend € Prämie."

Die beiden Ehrgeizlinge gingen mit Bieneneifer ans Werk, das sich als viel umfangreicher und zeitraubender erwies, als gedacht. Es war ihnen klar, dass ihr Vorhaben nicht legal war, aber zunächst war es nur ein Versuch, bei dem es offen blieb, ob er jemals erfolgreich und damit illegal werden konnte und man blieb anonym. Ein Porsche lockte ungemein, denn er versprach Fahrspaß und erleichterte den Kontakt zu Damenwelt, und fünf Riesen stellten für Schüler ein Vermögen dar.

Das Internet verbindet eine riesige Zahl von Computern miteinander, Sicherheitscodes sorgen dafür, dass nur der Berechtigte Zugang zu seinen Daten erhält. Die Jungprogrammierer sagten sich, dass diese Codes einst auch von Programmierern erdacht wurden, Kollegen sozusagen, die eine ähnliche Denkweise hatten, wie sie selbst. Es musste nur gelingen rückwärtsdenkend ihre Schritte nachzuvollziehen und ein Programm zu entwickeln, dass den eigenen Interessen folgt.

Nach der *Fertigstellung der Schadprogramme* wurden mehrere privat genutzte Computer mit einem Backdoor Trojaner infiziert. Auf diese Weise war es möglich die Kontrolle über diese Rechner zu erlangen. Über die infizierten Geräte wurden massenweise E-Mails an Mitarbeiter des Verteidigungsministeriums geschickt, die optisch den Eindruck erweckten, als wären sie von einer Behörde oder einer Rechtsanwaltskanzlei geschickt worden. Die Angeschriebenen wurden eines Vergehens beschuldigt und aufgefordert in der E-Mailanlage Einzelheiten ihres Vergehens nachzulesen und eine Stellungnahme abzugeben. Wenn diese Anlage von dem E-Mailempfänger geöffnet wurde, konnte sich das Schadprogramm in seinem Computer ausbreiten.

An einem grauen Herbsttag zog unerwartet Sonnenschein in die Wohnung ein, denn es gelang endlich ein *erfolgreicher Hackerangriff*. Peter sprang von seinem Stuhl auf und klatschte auf die geöffnete Hand seines Freundes: „Bingo!"

Besonders Jens hatte seine ganze Kraft in das Programmieren gesteckt und, zum Leidwesen seiner ratlosen Eltern, viel Zeit in der Hackerwohnung verbracht. Er schaffte die Versetzung in die dreizehnte Klasse nicht und es war fraglich, ob er unter diesen Bedingungen das Abitur schaffen konnte.

Herr Kirch hielt sein Wort, am darauf folgenden Freitag fuhr er mit dem Porsche vor: „Jungs, ich bin stolz auf Euch, draußen steht der vollgetankte Porsche, hier sind die Schlüssel und die Zulassung. Ich habe für Euch ein Fünfsternehotel am Lago Maggiore gebucht, da ist es um diese Jahreszeit noch angenehm."

Jens und Peter rannten ans Fenster, als müssten sie sich versichern, dass ihr Traum tatsächlich Wirklichkeit geworden war und umarmten sich.

„Der Wagen ist vollkasko-versichert, aber wer geblitzt wird, muss selber zahlen", erfolgte eine strenge Ermahnung.

Am Abend war eine Fahrt in die Disco angesagt, und am Samstag in der Frühe brachen sie zu ihrem Wochenendtrip auf. Die Sonne schien, und man konnte noch mit offenem Verdeck fahren. Peter hatte sich einen langen Schal umgelegt und eine Sonnenbrille aufgesetzt, ließ sich vom Fahrtwind umschmeicheln und genoss die bewundernden Blicke der Passanten. Jens saß auf dem Beifahrersitz und berauschte sich an dem Auspuffgeräusch, das ihn an das Fauchen eines Jaguars erinnerte und sich von dem Gemurmel der anderen Autos deutlich abhob. Auf seinen Vorschlag wurde die Fahrt über den

Gotthardpass gewählt, die etwas länger dauerte als die Tunnelpassage. Es war eine Freude zu spüren wie der Wagen nach jeder Kurve kraftvoll bergauf stürmte und seine Insassen in die Sitze drückte. Von Serpentine zu Serpentine wurde es frischer und auf der Passhöhe wurden seine Hände so kalt, dass Peter die Sitz- und Lenkradheizung einschaltete. In seiner rauschartigen Begeisterung hatte er bei der Abfahrt eine Kurve etwas schnell genommen, das Heck des Porsche brach aus, der Wagen vollführte eine Pirouette knapp an der Leitplanke vorbei und blieb in falscher Fahrtrichtung stehen. Der dahinter fahrende Wagen legte eine Vollbremsung hin und kam genau an der Porschestoßstange zum Stillstand. Die beiden Fahrzeuglenker starrten sich mit klopfenden Herzen durch die Windschutzscheiben an, als hätten sie gerade zufällig das gleiche Ungeheuer entdeckt.

Die Auffahrt des Hotels war überdacht und von Säulen gestützt. Als der Porsche vorfuhr, übernahm ihn ein Hotelpage und fuhr in die Hotelgarage, ein anderer übernahm die Koffer. Die Schüler liefen unbeschwert auf die Rezeption zu, mit wehendem Schal und stolzgeschwellter Brust, wie Cäsar bei seinem Einzug in Rom. Von der Terrasse ihres Zimmers konnte man den gepflegten Hotelpark sehen, dahinter den Lago

Maggiore. Die Sonne, die gerade zwischen zwei Bergzacken unterging, spiegelte sich in goldenen Farben auf dem See. Als Willkommensgruß hatte das Hotel eine kleine Flasche Sekt und eine Obstschale bereitgestellt.

„Bingo", riefen beide aus, schleuderten die Schuhe ins Zimmer und warfen sich rücklings auf das breite Bett.

Ein Blick auf die Speisekarte verriet, dass sie im Hotelrestaurant sehr tief in ihre fast leeren Taschen hätten greifen müssen. Die porschefahrenden Jünglinge zogen es vor in der nächstgelegenen Imbissbude zu dinieren, die mit ihren verschmierten Tischen in einem markanten Kontrast zu dem Ambiente des Hotels stand. Im Gegensatz zum Restaurant, stand das Schwimmbecken den Hotelgästen kostenlos zur Verfügung, und hier entdeckten die Beiden Ihre Herrlichkeit, die Königin des Hotels, ein schlankes, junges Mädchen mit langem blonden Haar, bekleidet nur mit einem knappgeschnittenen Bikini. Sie lag hingestreckt auf einer Liege am Pool, strahlte Anmut aus, wie die Venus im Schaumbad und blätterte lustlos in einem Buch. Ihre Eltern saßen hinter ihr an einem Tisch und stritten sich unentwegt. Jens und Peter schwammen einige Bahnen um die Wette, Peter schlug eine Sekunde vor seinem Rivalen am Beckenrand an und hob sich mit einem gewaltigen Satz aus dem Wasser. Die Königin hatte den Wettkampf über den Rand ihres Buches verfolgt und warf dem Sieger einen anerkennenden Blick zu. Die Schwimmer trockneten sich ab, setzten sich neben ihre Liege, und es entwickelte sich eine angeregte Unterhaltung. Jens und Peter buhlten um die Gunst der schönen Königin, die den bürgerlichen Namen Anita trug, sich begehrt fühlte und unentschlossen ihr Interesse an beiden Bewerbern erkennen ließ. Man verabredete sich am Abend in der Hoteldisco zum Abtanzen.

„Wie kommst Du so jung schon zu einem sündhaft teuren Porsche?", fragte sie bei dem Wiedersehen.
„Er gehört mir nicht, aber er steht mir zur Verfügung", antwortete Peter in Orakeln sprechend.
„Hat ihn Dir Dein reicher Papi als Trost zugeschoben, weil er immer auf Geschäftsreisen ist und sich um seinen Sohn nicht kümmern kann, so wie sich meine Eltern wenig für mich interessieren?"
„Wir konnten gemeinsam eine schwierige Aufgabe lösen, aber Stolz wollte sich bei dieser Aktion nicht einstellen", erging sich Peter weiter in Andeutungen, wie ein Mitarbeiter des Geheimdienstes, der zum Schweigen verpflichtet war.

Jens bemühte sich intensiv um Anita und konnte beim Tanzen eine gute Figur abgeben. Als das Trio nach dem Discobesuch den Zimmern entgegenstrebte, lud Anita jedoch Peter in ihr Zimmer ein.

Aus Jens sprudelte es heraus: „Na, erzähle, wie war es, konntest Du sie verführen?", und er schnellte aus seinem Bett hoch, als Peter nach einer Stunde in das gemeinsame Zimmer schlich. „Desaströs! Sie hat einen göttlichen Körper und eine anmachende Stimme, ich war so geil auf sie, aber es hat nicht geklappt!", gestand Peter, dabei wurden seine Augen feucht: „Die blöde Ziege hat sich auch noch lustig über mich gemacht, anstatt mir etwas Zeit zu geben. Ich musste mir ihre saudummen Sprüche anhören: Im Porsche groß und im Bett ein kleiner Versager."
Jens hörte zu und nickte zaghaft: „Sei nicht traurig, mir ist es auch nicht viel besser ergangen. Du erinnerst dich an Karin aus unserem Tanzkurs, sie war die Einzige die ich ins Bett locken konnte. Nach langem Vorspiel hat es mit Mühe geklappt, aber ich war schon nach zehn Sekunden fertig. Du kannst dir sicherlich vorstellen, wieviel Freude bei dem armen Mädchen dabei aufkam. Sie hat sich nie mehr mit mir verabredet."

Beide haben wenig Schlaf in dieser Nacht gefunden. Ihr konkurrierendes Buhlen um Anita hatte eine trennende Wirkung, dafür hatte das gegenseitige Eingestehen der eigenen Schwächen eine festigende Wirkung auf ihre Freundschaft. Am nächsten Morgen bestellten sie ihr Frühstück auf das Zimmer, sie wollten Anita nicht im Hotel begegnen.

Die Rückfahrt verlief ohne eine virtuose Pirouette. Jens wollte am Sonntagabend seinen besorgten Eltern noch einen Besuch abstatten. Ein blauer Brief, der über seine gefährdete Versetzung berichtete, hatte das alternde Elternpaar erneut aufgeschreckt. Er bat Peter den Porsche weiter entfernt zu parken und seine verharmlosende Beschreibung ihrer Nebentätigkeit zu bestätigen. Jens hatte wenig Lust sein Abitur nachzuholen, aber er wollte seine Eltern nicht enttäuschen, die unter Opfern für seine Ausbildung gesorgt hatten.

Die elterliche Wohnung befand sich in einem Achtparteienhaus im Erdgeschoss, das Milchglas der engen Eingangstüre war in einen verwitterten Aluminiumrahmen gefasst und bildete einen nicht zu übersehenden Kontrast zu der Hotelauffahrt in der Schweiz. Im Treppenhaus hing ein Schild, wer die Kehrwoche zu erledigen hatte, und es roch nach Bohnerwachs. Das Wohnzimmer war mit einem Nadelfilsteppich ausgelegt und wurde von einer Schrankwand in Eiche rustikal dominiert. Die Armlehnen der Sessel waren mit Sesselschonern abgedeckt und eine in Kupfer gefasste Deckenleuchte spendete trübes Licht.

„Hattet ihr gutes Wetter in der Schweiz?", eröffnete die Mutter das Gespräch nach der Begrüßung. Jens gab einen beschwingten Reisebericht, der sich wie ein Märchen anhörte. Aus dem Fünfsternehotel wurde eine Jugendherberge, aus der Passfahrt mit Pirouette wurde eine Busfahrt und die Begegnung mit Anita wurde höflich ausgelassen. Peter ergänzte die Ausführungen noch mit einem Wetterbericht.

„In den Fächern: Englisch, Deutsch und Biologie sind deine Leistungen unzureichend, wie willst du das in den Griff bekommen? Könnte Nachhilfeunterricht, statt Computerspielen, hilfreich sein?", schaltete sich der beunruhigte Vater ein.

„Unsere Tätigkeit in dem Büro der Firma Sturm besteht überwiegend aus Programmieren, selten aus Spielen und bessert mein Taschengeld auf. Es dient auch der Anwendung der Mathematik in Praxis und hat damit einen schulfördernden Charakter."

Der Vater schüttelte ungehalten den Kopf: „Bevor Du in dieses unselige Büro gerannt bist, hattest Du wenig schulische

Probleme und zu einer Aufbesserung Deines Taschengeldes besteht keine Notwendigkeit, Lehrjahre sind keine Herrenjahre."

„Diese Arbeit macht mir Spaß, viel mehr als die Schule, und ich verdiene inzwischen so viel Geld, dass ihr mein Taschengeld nicht mehr zu zahlen braucht."

Der Vater wurde immer erregter, seine Hände zitterten und seine Stimme schwoll an: „Hast Du Dein selbst gewähltes Ziel: Abitur machen, aufgegeben, nur, um jetzt schon über mehr Geld verfügen zu können? Willst Du Dir den Zugang zur Hochschule verbauen, der Dir später ein viel höheres Einkommen ermöglichen würde?"

„Ich fühle mich zum Programmieren berufen, wie Du zum Reparieren von Uhren. Biologie interessiert mich überhaupt nicht, und da kann ich nichts leisten. Über Geld schon in jungen Jahren verfügen zu können, finde ich affengeil, ich will nicht mein Leben lang malochen, so wie Ihr, und jahrelang auf einen Urlaub sparen, ich will jetzt leben!" Um seinen Worten Nachdruck zu verleihen, stampfte Jens mit seinem Fuß auf.

Die Mutter wollte die Diskussion entschärfen, sie legte ihre Hand ermunternd auf die Schulter ihres Sohnes: „Ich glaube, dass Du das Abi schaffen wirst, wenn Du es willst", und Peter nickte zustimmend.

Bei ihrer Rückkehr in die Hackerwohnung wartete der Boss schon mit seinem Auftrag und fragte laut: „Jungs, ist der Porsche gut marschiert in den Bergen? In dem Hotel steige ich selbst gelegentlich ab, wenn ich in der Schweiz zu tun habe."
Er wartete ihre Antwort nicht ab und fuhr leise fort, als könnte jemand mithören, „Ihr habt Euch Zugang zum Verteidigungsministerium verschafft! Unser Haus ist interessiert zu erfahren, welche Beschaffungsvorhaben laufen und welche in der Planung sind. Findet heraus zu welchen Preisen unsere Wettbewerber angeboten haben, diese Information ist uns fünf Riesen wert."
Die beiden Hacker gaben schweren Herzens den Porsche zurück und machten sich an die Arbeit. Schon nach wenigen Tagen hatten sie die gewünschten Informationen zusammengestellt und die Prämie abkassiert. Das alles funktionierte so reibungslos, dass sie auf die Idee kamen ihre Kenntnisse auch für eigene Zwecke einzusetzen, ohne einen Auftrag vom Boss abzuwarten. Beruhigt stellten sie fest, dass die *Chancen über das Internet an Informationen und Geld zu gelangen riesig waren und das Risiko, im Vergleich zum Bankraub, war gering.*

Nach einigen Monaten verfügten Jens und Peter über ein eigenes Büro mit einer umfassenden Ausrüstung und konnten über Arbeitsmangel nicht klagen. Die Küken hatten das warme Nest verlassen und sich in gefährliche, aus der Dunkelheit angreifende, Raubvögel verwandelt. Wenn Herr Kirch Informationen anforderte, dann waren sie nicht mehr auf sein Angebot angewiesen, sondern teilten ihm mit, welchen Betrag er zu zahlen hatte. Sie hatten schon reichlich Geld erbeutet und konnten sich den Luxus erlauben gelegentlich das Geldeinsammeln zurückzustellen, um ihr Wissen für eine Demonstration ihrer Kreativität und Macht zu nutzen. Ihr sportlicher Ehrgeiz wurde dabei geweckt und erzeugte ein berauschendes Gefühl, vergleichbar dem Glücksspiel. Durch spektakuläre Aktionen deckten sie *Schwachstellen in den Programmen von großen Firmen auf* und ließen die Mächtigen dieser Welt erzittern. Die erfolgsverwöhnten Jungprogrammierer fühlten sich wie allmächtige Herrscher, die trotz all ihrer Macht nicht wussten, wie lange sie unerkannt ihren einträglichen Frevel fortsetzen könnten?

Peter, der sich mehr um die Strategie und internationale Kontakte des Hackerbüros kümmerte, schaffte mit einigem Glück seine Abiturprüfung. Jens erfreute sich am Luxusleben, das ihm sein Hackerdasein bescherte. Er hatte sich auf die zeitaufwendige Programmierung gestürzt und brach seine Schulausbildung ab. Dafür standen nach einiger Zeit zwei Porsches vor der Tür.

Kapitel 14
Waffenhandel

Jörg pfiff ein Lied als er den Briefkasten öffnete und stieg beschwingt die Treppe hinauf, die Sturm GmbH hatte geantwortet. Er hatte als Klassenbester die Schule abgeschlossen und interessierte sich für den Beruf eines Sportlehrers oder Trainers und hatte sich bei einigen Firmen um einen Ausbildungsplatz beworben. Hier wurde ihm ein Angebot unterbreitet, nicht nur als Lehrling, sondern auch für die Berufsakademie, bei voller Übernahme der Ausbildungskosten, das fand Jörg verlockend. Die Sturm GmbH war auf dem Gebiet der Wehrtechnik tätig und suchte einen Ausbilder für wehrtechnische Geräte. Jörg wollte nicht bei der Bundeswehr dienen, aber der Umgang mit Waffen übte auf den jungen Mann einen gewissen Reiz aus, wie auf Adam die verbotene Frucht im Paradies. Voller Begeisterung erzählte er seiner Mutter Gerda von diesem Angebot.

„Ich finde es toll, wenn Du die Berufsakademie besuchen kannst. Eine Tätigkeit in einer Firma, die sich mit Wehrtechnik beschäftigt, begeistert mich weniger."

„Das sind technisch anspruchsvolle Produkte, und ich kann dabei sogar etwas herumballern." Jörg machte Geräusche und eine Bewegung, als würde er eine Maschinenpistole abfeuern.

„Ihr Männer seid aggressiv veranlagt, na ja, Du musst ja nicht für immer dort bleiben, wenn es Dir nicht mehr gefallen sollte."

Der Sturmlehrling war körperlich durchtrainiert wie ein Profiboxer, hatte Begabung und war ehrgeizig, schon bald war er der beste Schütze im Haus und konnte das Sturmgewehr G8 innerhalb von achtundfünfzig Sekunden auseinander- und wieder zusammenbauen. Die Berufsakademie machte ihm Spaß, und er konnte seine Ausbildung mit der Beurteilung: Sehr gut, abschließen.

Der Firmeninhaber Hans Sturm, ein energischer Mann von etwa sechzig Jahren, mit vollem, ergrautem Haar, schlank, sehr auf Etikette und Tradition bedacht, hatte Jörg ins Herz geschlossen und betrachtete ihn fast wie einen Sohn. Er übertrug ihm schon bald die Abteilung Ausbildung, die Kunden im Umgang mit dem G8 und anderen Waffen vertraut machte. In der Sturm GmbH lernte Jörg Renate kennen, die Leiterin des Bereichs Logistik. Sie fesselte seine Aufmerksamkeit, und bald konnte Jörg an nichts, als an sie denken. Er wollte seine angebetete Renate, so schnell wie möglich, heiraten und ihr ein Nest bauen. Zum Kauf eines Häuschens gewährte der Patriarch dem jungen Paar ein großzügiges Firmendarlehn, obgleich die Exportmöglichkeiten der Firma durch das Deutsche Kriegswaffenkontrollgesetz stark eingeschränkt waren, und sie wegen mangelnder Auslastung nur bescheidene Gewinne erzielen konnte.

Eine Möglichkeit die Auslastung zu steigern, kam aus Mexiko. Die Polizei dort verfügte über veraltete Waffen und war an dem G8 interessiert, das Auftragsvolumen belief sich auf zwei Millionen Euro und würde die Sturm GmbH für ein Jahr voll auslasten. Jörg konnte die Waffe am besten vorführen und fuhr zusammen mit dem Firmenchef und seinem Teilhaber Roland Kirch zu einer Demonstration über die Einsatzmöglichkeiten dieses Gewehrs nach Mexiko. Auf dem Schießstand in der Nähe vom Strand lernte Jörg, neben dem Polizeichef José Martinez, dem Gouverneur Carlo Ramon, auch dessen Tochter Carmen kennen, eine ungewöhnlich schöne Frau, die aus den um sie versammelten blassen Uniformen wie eine Blumenblühte erstrahlte.

Herr Sturm hatte schon während des Fluges nach Mexiko darauf hingewiesen, dass die Chancen für einen Auftrag entscheidend von der Vorführung des Gewehrs abhängig seien, daher hatte sich sein junger Mitarbeiter eine besondere Show einfallen lassen: Er hatte das G8 im feuchten Küstensand vergraben, buddelte es unter den Blicken der Mexikaner aus, rannte damit in das Meer, tauchte mehrfach unten und feuerte dann auf eine zweihundert Meter entfernte Boje, die in sich zusammensackte, wie nach einem Bombenvolltreffer. Dann zerlegte er in Windeseile das Gewehr, baute es wieder zusammen und gab einen weiteren Feuerstoß auf eine zweite Boje ab, die kurz wackelte und schließlich versank.

Zu den Vorführungen am Schießstand war überraschenderweise auch ein amerikanischer Anbieter hinzugeladen worden. Die Schießscheibe wurde in dreihundert Metern Entfernung aufgestellt, beide Schützen trafen ins Schwarze, dann stand die Scheibe bei sechshundert Metern, Jörgs Kugel traf wieder ins Schwarze, die Amerikanische nur am Rand und bei neunhundert Metern war nur noch die deutsche Kugel auf der Scheibe. Herr Sturm klopfte seinem Schützling begeistert auf die Schulter, als sei er der Held des Trojanischen Krieges. Die finsteren Männer in Uniform gratulierten auch anerkennend, und die schöne Carmen warf ihm eine Kusshand zu.

Am Abend hatte der deutsche Militärattaché in Mexiko Jan Grube zu einen Empfang eingeladen, er nahm deutsche Interessen in Mexiko wahr, verfügte über gute Landeskenntnisse und hatte beste Verbindungen zum Militär und der Polizei. Neben dem Polizeichef und dem Gouverneur waren bei diesem Ereignis auch seine Tochter Carmen und ihr Begleiter Fernando anwesend. Es wurden erlesene Speisen gereicht, ein Sextett mit Sängerin sorgte für Stimmung beim Tanz, und es wurde reichlich Tequila getrunken. Jörg hatte ein so aufwendiges und fröhliches Fest in einem palastartigen Gebäude noch nie erlebt. Er war beeindruckt und genoss die laue Nacht unter Palmen.

Beim Dessert setzte sich Carmen an seine Seite, und ihre gespielte Heiterkeit wich einer sorgenvollen Miene, so als wäre ihre geliebte Mutter gerade verstorben. Sie stocherte lustlos in ihrem Eis herum und sprach so leise, dass es bei der Geräuschkulisse kaum hörbar war: „Mexiko ist ein armes, unterdrücktes Land, weil es von Schurken beherrscht wird. Dort an dem Tisch sind diejenigen versammelt, die *ihre Macht missbrauchen und die auf den Gehaltslisten der Drogenbarone stehen,* auch mein Vater! Ihr dürft die Waffen nicht illegal liefern, sie sind Instrumente der Unterdrückung und Euer Kriegswaffenkontrollgesetz verbietet ihre Auslieferung ausdrücklich. Unsere Polizei hat fünfzig friedlich demonstrierende Studenten verhaftet und an das Drogenkartell ausgeliefert, seitdem fehlt von ihnen jede Spur."

„Auf mich macht hier alles einen geordneten und rechtstaatlichen Eindruck, ich kann mir eine solche Verstrickung dieser ehrenwerten Männer nicht vorstellen", tuschelte er zurück. Das gefährliche Engagement dieser reizvollen Frau beeindruckte ihn, und er fühlte sich unvorbereitet in der Rolle eines Eingeweihten und Beschützers gedrängt.

„Lass Dich nicht von der seriösen Fassade und dem Glanz der Feste beeindrucken, geh auf die Straßen und sieh, was die korrupte Polizei mit unserem Volk macht."

Ihr Vater hatte mit Misstrauen das Flüstern seiner Tochter beobachtet und forderte sie zum Tanz auf. Schlagartig verwandelte sich ihr Gesichtsausdruck zu einem geschäftsmäßigen Lächeln, und sie entschwebte folgsam mit ihrem Vater. Fernando, ihr gutaussehender und sympathischer Begleiter, setze sich schnell auf ihren Platz und zischte: „Diese Waffen in den Händen der Polizei und Drogenbosse würden einen Rückschlag für unsere Demokratiebemühungen darstellen." Dann sprach er etwas lauter von der beeindruckenden Waffendemonstration.

Zu den Beiden gesellte sich der Militärattaché Jan Grube in seiner schicken, ordensgeschmückten Uniform. Jörg nutzte diese Gelegenheit, um den Standpunkt der deutschen

Außenpolitik zu dem geplanten Waffengeschäft heraus zu finden.

„Das ist eine heikle Mission, wir wollen die wirtschaftliche Zusammenarbeit unserer beiden Länder fördern, aber einige Provinzen von Mexiko stehen auf der Schwarzen Liste, dorthin dürfen keine Waffen geliefert werden. Wir sind gehalten uns nicht in die inneren Angelegenheiten des Gastlandes einzumischen und können kaum Einfluss darauf nehmen, wo die Waffen eingesetzt werden, wenn sie an Mexiko geliefert werden."

Jörg trat seinen Rückflug mit Zweifeln an der Legalität dieses Waffengeschäfts an. Weil sein Flug schon für den nächsten Tag gebucht war, hatte er nicht mehr die Möglichkeit sich auf den Straßen Mexikos ein eigenes Bild zu verschaffen, aber er wollte das bei seinem nächsten Besuch nachholen.

Nach einigen Wochen lag der Auftrag für zunächst tausend Gewehre vor und eine Option zum Kauf weiterer neuntausend Stück. Jörg sollte die Einweisung der Polizisten in Mexiko durchführen. Carmen und Fernando hatten ihn am Flughafen abgeholt und zu einer Geburtstagsfeier eingeladen. Er bemerkte ihr soziales Engagement und war begeistert von der selbstlosen Entschlossenheit seiner mutigen Gastgeber. Sie baten ihn an einer Demonstration zur Freilassung der inhaftierten Studenten teilzunehmen, die für den nächsten Tag vorgesehen war und eine gute Gelegenheit bieten würde, die Arbeitsweise der Polizei kennenzulernen.

Die Polizei rückte mit Schutzschilden, Helmen, den neuerworbenen G8-Gewehren und mit Wasserwerfern gegen die Demonstranten an, einige der Polizisten kannte Jörg von seiner Einweisung. Die Demonstranten wollten nicht zurückweichen und einige Vermummte warfen mit Steinen. Als einer der Polizisten am Kopf getroffen wurde, schoss die Polizei in die Menge und tötete eine Reihe von Demonstranten, auch Frauen und Kinder, die Wasserwerfer kamen nicht zum Einsatz. Die Demonstranten rannten in Panik davon, Jörg wurde von zwei Polizisten niedergeschlagen, und ein erregter Polizist setzte ihm das G8 auf die Brust. Bevor der Ordnungshüter den erwarteten Schuss abfeuern konnte, zog ihn ein anderer Polizist weiter und Jörg blieb einen Moment zitternd, wie ein gehetztes Tier, und benebelt auf der Straße liegen. Er war schockiert über das brutale Vorgehen der Polizei, die wahllos in die Menge schoss und Jagd auf Demonstranten machte. Er fühlte sich besudelt und mitschuldig am Tod von Demonstranten, und er schwor alles in seiner

Macht stehende zu tun, um eine weitere Waffenlieferung zu unterbinden.

Zunächst brach er sein Einweisungsprogramm sofort ab und trat fluchtartig die Heimreise an. Dann suchte er das Gespräch mit Herrn Sturm und berichtete von seinen Erlebnissen, legte die Gründe für seinen Gesinnungswandel dar und wies ihn auf die Verletzung des Kriegswaffenkontrollgesetzes hin.

„Wir brauchen dringend diesen Auftrag, und ich werde dafür sorgen, dass alle erforderlichen Genehmigungen ordnungsgemäß beigebracht werden. Wollen Sie sich in der Betriebsversammlung hinstellen und verkünden, dass jeder dritte Mitarbeiter entlassen werden muss? Sehen Sie, ich auch nicht! Wenn wir nicht liefern, dann werden andere sich freuen es tun zu können."

Der Chef griff in seine Zigarrenkiste, steckte sich eine Zigarre an und blies eine blaue Wolke aus, die sein Gesicht etwas vernebelte, als wollte er sich dahinter verstecken: „Waffen sind Wirtschaftsgüter, wie andere Waren, wir bürgen für Qualität und Termintreue. Was der Auftraggeber damit macht, können wir nicht beeinflussen, ebenso wenig wie ich es nicht verhindern kann, dass sich jemand in den Finger schneidet, wenn ich ihm ein Messer liefere."

Jörg war entsetzt über diese simple Sichtweise und wurde heftiger und emotionaler, als er es ursprünglich beabsichtigt hatte: „Die Mexikanischen Bundesstaaten stehen zu Recht auf der Schwarzen Liste, und ich habe hautnah erlebt, wie *unsere Waffen dort von Handlangern der Drogenbosse missbraucht werden*. Wir machen uns nicht nur strafbar, sondern wir verletzen auch alle Regeln der Moral und sind schuld am Tod von unterdrückten und unbewaffneten Bürgern. Bevor ich zu diesem schmutzigen Geschäft einen weiteren Beitrag leiste, werde ich lieber arbeitslos."

„Vorsicht junger Mann! Wer hat Ihre Ausbildung bezahlt, wer hat Ihre Karriere gefördert und wer hat Ihr Haus finanziert? Wir dürfen doch ein wenig Dankbarkeit und Loyalität erwarten, wenn wir unsere tägliche Arbeit machen!" Bei diesen Worten erhob Herr Sturm drohend seine Hand und stieß eine weitere blaue Wolke aus.

„Wir müssen dafür sorgen, dass unsere Waffen nicht in Schurkenhände geraten. Wenn wir das nicht können oder wollen, dann dürfen wir keine Waffen herstellen."

„Vom Waffenbau verstehen wir etwas und haben dafür eine Reihe von Patenten entwickelt, zu der Herstellung von Kochtöpfen taugt unsere Firma nicht. Die Verteufelung der

Waffenhersteller ist immer wieder in Mode, aber sie darf nicht aus den eigenen Reihen erfolgen."

„Ich bin kein Nestbeschmutzer und hege dankbare Gefühle unserem Haus gegenüber. Ich bin jedoch der Auffassung, dass die Ausbildung und Aufrüstung von Verbrechern nicht zu meinen Aufgaben gehört", schrie Jörg heraus und sprang so heftig empor, dass sein Stuhl umkippte.

„Es ist nicht unsere Aufgabe zu entscheiden, wer ein guter und wer ein verbrecherischer Mensch ist. *Das Problem ist der Mensch selbst und nicht der Waffenhersteller.* Solange der Mensch nach Macht und Geld giert, wird es einen Markt für Waffen geben, und wer kein Sturmgewehr bekommt, wird zur Mistgabel greifen, um seine Ziele durchzusetzen. Frieden entsteht in beiden Fällen nicht."

Es trat eine Pause ein, der rebellische Ausbilder richtete seinen Stuhl wieder auf und setzte sich still. Sein Chef fuhr fort: „Sie müssen entscheiden, welchen Weg Sie gehen wollen und müssen eine loyale Einstellung zu unserem Unternehmen finden. Sie sind ein guter Ausbilder, andere Einsatzmöglichkeiten sehe ich nicht für Sie. Mein Kompagnon Herr Kirch hat Vollmachten diesen Auftrag durchzuziehen und wird die Ausfuhrgenehmigung beibringen, wir machen hier nichts Illegales. Bitte entschuldigen Sie mich jetzt, ich habe zu arbeiten."

Am Abend war ein großer Empfang im Steigenberger Hotel vorgesehen, Jörg sollte den Konsul aus Mexiko betreuen. Die Ehefrauen der Bundes- und Landtagsabgeordneten waren zu diesem „Arbeitsessen" nicht eingeladen, dafür jeweils eine junge „Fachassistentin", die mit Worten und Taten den zu betreuenden Gästen einen unvergesslichen Abend bereiten sollten. Die beiden Damen sahen gut aus und lachten laut über die Anzüglichkeiten der beiden älteren Herren. Die Vertreter der Stadt, der Bürgermeister und der Landespfarrer, sowie ein Bundeswehroffizier und ein Vertreter des Auswärtigen Amtes, nahmen an einem getrennten Tisch Platz. Die Speisen waren erlesen, die Tische mit Blumen aufwendig geschmückt, in den Kristallüstern funkelte der Kerzenschein, eine Kapelle spielte im Hintergrund beliebte Melodien und die Kellner stürzten beflissen bei jedem Handzeichen herbei. Jörg fühlte sich an das Fest in Mexiko erinnert, nur fehlten hier der Polizeipräsident und die schöne Carmen.
Herr Sturm erhob sich, klopfte an sein Glas und begrüßte seine Gäste im Namen der Sturm GmbH. Dann stand der Landtagsabgeordnete auf und blickte mit dem professionellen

Strahlen eines Politikers in die Runde: „Wir freuen uns bei diesem schönen Fest dabei sein zu können und sind glücklich, dass Ihr Haus, seit über vierzig Jahren, in unserem geliebten Land für sichere Arbeitsplätze sorgt. Auch danken wir für Ihre großzügige Parteispende. Gerade in Wahlkampfzeiten kommt es auf jede Stimme an, und unsere Partei kann nun die geplante Imagekampagne durchführen, denn wir wollen die stärkste politische Kraft im Lande bleiben."

Als sich der Bundestagsabgeordnete Herr Schulte erhob, der auch in einigen Ausschüssen tätig war, schob sich sein dicker Bauch über die Tischkante, und es brandete Beifall auf. Er genoss über Minuten, wie ein römischer Gladiator nach einem Sieg, die spontane Zustimmung zu seiner Person und seiner Arbeit und machte dann ein dämpfendes Zeichen mit beiden Händen: „Auch ich freue mich hier sein zu können. Ich kann Ihnen heute bestätigen, dass die Ausfuhrgenehmigung für den Mexikoauftrag die Hürde des Kontrollgremiums genommen hat. Die Bestätigung muss nur noch von der Geschäftsleitung abgezeichnet werden."

Er legte Herrn Sturm eine Genehmigung vor, die mit der Vereinbarung endete, dass keine Waffenlieferungen in die Bundesstaaten: Ciapas und Jalisco, erfolgen dürfen. Aber genau dorthin wurden die Waffen geliefert. Herr Sturm unterschrieb mit einer großen Geste unter dem Beifall der Gäste.

Nach dem Abendessen saß man in kleinen Gruppen zusammen, und Jörg konnte beobachten, wie Herr Kirch, der dicht neben dem Abgeordneten saß, ihm einen prallgefüllten Umschlag in die Jackettasche schob, während Herr Schulte seiner „Fachassistentin" Sekt in den Ausschnitt schüttete und sich grinsend entschuldigte.

Am nächsten Morgen erhielt die Jörg und Renate Schneider unerwarteten Besuch von Herrn Kirch. Als Renate öffnete, verlangte der Besucher unwirsch ihren Ehemann alleine zu sprechen und nahm unaufgefordert am Wohnzimmertisch Platz. Jörg stellte ihm fragend eine Tasse Kaffee hin und setzte sich ihm gegenüber an den Tisch.

„Warum haben Sie unser Einweisungsprogramm in Mexiko abgebrochen und sich meinen Anordnungen widersetzt?"

„Ich habe zu diesem Thema schon ein Gespräch mit Herrn Sturm geführt. Ich kann und will mich nicht an der Ausbildung und Aufrüstung von Verbrechern beteiligen. Es ist nicht zu übersehen, dass diese Waffenlieferung eine Verletzung des Kriegswaffenkontrollgesetzes darstellt."

„Waffen sind keine Massagegeräte, das wussten Sie schon vor Ihrem Einsatz. Was unsere Kunden damit anfangen, geht uns nichts an. Die erforderliche Ausfuhrgenehmigung liegt vor, eine Gesetzesverletzung kann ich nicht erkennen."

Jörg lachte verächtlich und knallte eine Kopie der Ausfuhrgenehmigung auf den Tisch: „Ach ja? Auch für Jalisco und für Chiapas?"

„Auf die Wege, die unsere Lieferungen in Mexiko nehmen, haben wir keinen Einfluss. Ich gehe davon aus, dass Sie sich unserem Hause gegenüber verpflichtet fühlen und ihm keinen Schaden zufügen wollen. Ich fordere Sie auf, unverzüglich Ihre Einweisungen in Mexiko wieder aufzunehmen, alles andere wäre Arbeitsverweigerung."

„Das werde ich nicht tun!"

„Wir alle haben unseren Preis, sagen Sie mir wie hoch Ihr Preis ist und ich werde sehen, was ich tun kann." Herr Kirch lehnte sich auf seinem Stuhl zurück und trommelte mit den Fingern auf dem Tisch, als wolle er sagen, die Zeit drängt.

„Ich möchte keinen Preis aushandeln, ich will mit Ihrem Hinweis auf Arbeitsverweigerung nicht zu ungesetzlichen Handlungen gezwungen werden."

„Überlegen Sie noch einmal Ihre Entscheidung und stimmen sich mit Ihrer Frau ab. Wir wollen motivierte Mitarbeiter

haben. Wir könnten über eine Streichung unserer Forderung aus der Finanzierung Ihres Hauses sprechen. Ich habe hier eine Vereinbarung vorbereiten lassen, die das alles regeln könnte."
Jörg überflog die hingereichte Vereinbarung, die eine schuldenfreie Übereignung des Hauses vorsah, gleichzeitig ihn zum strickten Stillschweigen verpflichtete und bei einem Verstoß die Zahlung von einer Millionen Euro Schadensersatz fällig werden ließ: „Da gibt es nichts zu überlegen und abzustimmen, ich werde diese Vereinbarung nicht unterschreiben."
Herr Kirch erhob sich und beugte sich drohend über Jörg und brüllte: „Wir können auch anders, junger Mann! Sie sind mit sofortiger Wirkung entlassen und dürfen die Firma nicht mehr betreten, Ihre persönlichen Sachen werden Ihnen heute Nachmittag zugestellt und der Firmenwagen wird abgeholt. Der Kredit für Ihr Haus wird sofort fällig gestellt. Jetzt haben Sie genug Zeit zum Nachdenken. Ich wünsche einen erholsamen Tag!" Er schritt entschlossen zum Ausgang, knallte die Tür hinter sich zu, dass die Wände erzitterten.
Renate stürzte ins Zimmer und drückte sich schluchzend an ihren Ehemann: „Was soll nun werden? Ich wollte es Dir schon gestern sagen, wir werden ein Kind haben, wo soll es

aufwachsen, wie sollen wir es ernähren, hast Du davon eine Vorstellung?"

Er nahm sie in den Arm, und beide setzten sich auf den Wohnzimmertisch als würden sie in einem Wartezimmer auf einen Arzt warten. Zaghaft stammelte er heraus: „Ich konnte nicht anders handeln, ich hätte mich sonst im Spiegel nicht mehr ansehen können, und Du hättest alle Achtung vor mir verloren."

„Ich will zu Dir halten, in guten, wie in schlechten Zeiten, das habe ich gelobt vor der versammelten Gemeinde, nur habe ich eine Scheißangst. Den Hauskredit können wir nicht sofort zurückzahlen, und als Arbeitsloser wirst du keinen neuen Kredit bekommen."

Er strich ihr über das Haar und küsste sie auf die Stirn: „Das stehen wir gemeinsam durch. Meinem Erzeuger habe ich vollmundig erklärt, ich werde sein ergaunertes Geld nicht einmal mit der Beißzange anfassen, wie kann ich dann selbst schmutziges Geld annehmen, nur weil es der bequemste Weg wäre?", sie nickte und schnäuzte sich die Nase.

Die Gründe, die zur fristlosen Entlassung von Jörg geführt haben, sprachen sich im Ort schnell herum und weckten kein Mitleid mit dem Betroffenen, denn viele machten sich Sorgen um ihren eigenen Arbeitsplatz. Die Kassiererin des Supermarktes weigerte sich Renate zu bedienen. Das Haus der beiden Außenseiter wurde nachts mit der Aufschrift: Verräter, besprüht. Neben dem Brief von Carmen und Fernando, der eine Aufstellung der Transportwege der Waffen in Mexiko enthielt, lag eine Ratte mit durchschnittener Kehle im Briefkasten. Als Renate morgens zu ihrem Arbeitsplatz fahren wollte, waren alle vier Autoreifen aufgestochen. Die Bedrohungen steigerten sich und nahmen kriminelle Züge an.

Die Gebrandmarkten saßen verzweifelt abends in ihrem Wohnzimmer und dachten über die weitere Vorgehensweise nach: „Vielleicht solltest du für ein paar Wochen zu meiner Mutter ziehen", schlug Jörg vor.

„Das ist nicht sonderlich klug, wenn uns jemand finden will, dann fängt er bei deiner Mutter an zu suchen."

Plötzlich krachte ein Schuss, die Kugel durchlöcherte das Fenster und blieb in der Vitrine stecken. Jörg schaltete das Licht aus und warf sich schützend über seine Frau. Als der zweite Schuss fiel, rief er in seiner halbliegenden Position über sein Handy die Polizei an. Die zweite Kugel hatte sein Diplom durchschlagen, das er voller Stolz gerahmt im Wohnzimmer aufgehängt hatte, als wollte sie diese staatliche Anerkennung vernichten. Die herbeigerufenen Beamten fuhren mit Blaulicht vor, stellten die Projektile sicher und fertigten umständlich ein Protokoll an, das beide unterschreiben mussten. Dann ließen sie die Bedrohten in ihrer abgedunkelten Wohnung alleine zurück.

Am nächsten Morgen rief Herr Kirch an und fragte mit siegessicherer Stimme: „Nun, haben Sie sich ihre Entscheidung noch einmal überlegt? Noch gilt mein Angebot. Übrigens, Carmen und Fernando sind am helllichten Tag von ihrem Haus von einem vorbeifahrenden Motorradfahrer erschossen worden, so löst man dort Probleme."

Jörg verschlug es die Sprache, er ließ sich auf einen Stuhl gleiten und überlegte einen Moment, er wollte Zeit gewinnen: „Wie viel Zeit geben Sie mir? Alles will gut überlegt sein."

„Bis morgen um dieselbe Zeit." Der Anrufer legte ohne ein weiteres Wort auf.

Der Gejagte war angewidert von der süffisant vorgetragenen Todesnachricht dieses Scheusals Kirch, er war bestürzt über den Verlust seiner mexikanischen Freunde, und ihm wurde schlagartig klar, wer die Bedrohungen inszeniert hatte. Er wollte den Tod von Carmen und Fernando nicht ungesühnt hinnehmen, das steigerte seinen Durchhaltewillen. Er gab seine Loyalität gegenüber dem alten Arbeitgeber auf und beschloss den Jäger zum Gejagten zu machen. Er fühlte sich auch als

Beschützer seiner Frau herausgefordert. Auf einem Fest seiner Mutter hatte er einen Staatsanwalt aus Stuttgart kennengelernt, den wollte er aufsuchen und um Rat bitten. Er raffte alle seine Unterlagen zusammen, auch den Brief aus Mexiko, und verabschiedete sich von Renate mit der Warnung: „Ich besuche einen befreundeten Staatsanwalt in Stuttgart, ich lasse mein Handy ausgeschaltet, weil man es orten kann, verschließe die Tür und bleibe im Haus, ich melde mich aus Stuttgart."

Jörg nahm den Zug nach Stuttgart und achtete sorgfältig darauf, dass ihm niemand folgt. Der Staatsanwalt Dr. Ruge war ein Mann mittleren Alters, mit sanfter Stimme und mit einem durchdringenden Blick. Jörg zeigte ihm seine Unterlagen und erzählte seine Geschichte, die der Staatsanwalt mit großer Aufmerksamkeit verfolgte.

„Wir haben die Sturm GmbH und den feisten Manfred Schulte schon lange im Visier, aber konnten ihnen bisher nichts nachweisen. Ihre Unterlagen reichen für eine Anklage aus, die Beschuldigten werden für einige Jahre ihre ergaunerten Villen mit der kargen Pritsche im Gefängnis tauschen müssen. Ein Verstoß gegen das Kriegswaffenkontrollgesetz ist kein Kavaliersdelikt."

„Wir sind massiv bedroht worden und befürchten eine weitere Eskalation, wozu raten Sie uns?"

Dr. Ruge ging im Zimmer auf und ab, dann führte er ein Telefongespräch und bemerkte: „In dieser Branche ist man nicht zimperlich, ich teile Ihre Sorgen. Sie müssen Ihre Aussage während des Prozesses vor dem Richter wiederholen, aber dieser Prozess wird frühestens in sieben Monaten stattfinden können."

„Meine Frau ist schwanger, sie hält zu mir, aber sie hat Sorge, dass die ständigen Bedrohungen und die damit verbundenen Ängste unserm ungeborenen Kind Schaden zufügen könnten."

Der Staatsanwalt nahm hinter seinem Schreibtisch Platz, strich sich einige Male mit der Hand über das Kinn, machte einige Notizen und übergab diese seiner Sekretärin: „Ich sehe eine Gefährdung insbesondere für Sie, unseren Kronzeugen, und halte ein Zeugenschutzprogramm für Sie und Ihre Frau für erforderlich."

„Wie wird ein solches Programm aussehen?"

„Sie und Ihre Frau werden bis zum Prozess unter falschem Namen in Irland leben, es wird Ihnen dort an nichts fehlen, nur dürfen Sie keinen Kontakt aufnehmen, weder mit Freunden noch mit Angehörigen, Ihre Familien werden wir informieren. Sie fahren nicht in Ihre Wohnung zurück und verbringen diese Nacht hier in Stuttgart, Ihre Frau werden wir holen und hierher bringen."

Jörg zögerte einen Augenblick und malte sich aus, wie es wohl in Irland aussehen könnte, dann unterschrieb er das Protokoll und die Vereinbarung zum Zeugenschutz, und Dr. Ruge führte eine Reihe von Telefonaten.

Schon am nächsten Tag wurden die Räume der Sturm GmbH von der Staatsanwaltschaft durchsucht. Herr Kirch wurde wegen Verdunklungs- und Fluchtgefahr in Untersuchungshaft genommen. Gegen den Abgeordneten Schulte wurde ein Verfahren wegen Bestechlichkeit und Vorteilsannahme eingeleitet und die Aufhebung der Immunität beantragt.

Renate und Jörg verbrachten die Nacht in der kleinen Wohnung eines Hochhauses mit Blick auf Stuttgart. Von hier oben wirkten Autos und Menschen wie Spielzeug, die Alltagssorgen schienen mit einem Mal weit weg. Nach der Angst und Anspannung der letzten Tage stellte sich endlich Erleichterung, fast Fröhlichkeit ein, wie bei Kindern, die ein gefährliches Abenteuer unverletzt überstanden haben. Sie lehnte ihren Kopf an seine Schulter und blätterte gedankenverloren in dem Buch, das sie auf dem Tisch vorgefunden hatte: Irisches Tagebuch, von Heinrich Böll: „Freust du Dich auf Irland?"

„Heinrich Böll hat es zu seiner Wahlheimat gemacht. Ich freue mich mit Dir ein Kind zu haben, ich freue mich auf etwas Neues, aber es schmerzt mich von unseren Freunden für sieben Monate total abgenabelt zu sein und mich verstecken zu müssen, nur um eine Aussage zu wiederholen, die ich schon vorher zu Protokoll gegeben habe."
„Wirst Du dort eine berufliche Tätigkeit aufnehmen?"
„Erst wollen wir diesen ungeplanten, aber bezahlten Urlaub genießen, alles andere wird sich finden."
Renate legte das Buch aus der Hand und bemerkte versonnen: „Unser Kind wird inkognito geboren in Irland, dem Versteck für die Aufrichtigen."

Kapitel 15

Währungsspekulation

Sebastian war zu einem stattlichen Jüngling herangewachsen. Ihm fehlte die künstlerische Veranlagung seines Vaters. In dem Fach Bildende Kunst, hatte er beim Abitur mit Mühe die Benotung ausreichend geschafft. Seine Bilder wurden als naive Kritzeleien betrachtet. Er fühlte sich mehr zu den Ingenieurwissenschaften hingezogen und hatte sich an der Universität in Karlsruhe eingeschrieben. Dieses Wochenende wollte er bei seinen Eltern in Leonberg verbringen, und er saß im Schatten des Lindenbaums im Garten und wartete auf die Rückkehr seines Vaters. Dieser war einer Einladung der Stadt Baden-Baden gefolgt, die im Rahmen eines Stadtgeburtstages seinen berühmt gewordenen Jungbrunnen würdigte.

Bei Hugos Rückkehr umarmten sich Vater und Sohn kurz und plauderten bei einem Gläschen Wein über die Ereignisse der letzten Tage. Gegen achtzehn Uhr wollte die gestresste Geschäftsführerin der Schlegel-Hydraulik GmbH Silke heimkehren und bis dahin wollten die beiden Männer das Abendessen zubereitet haben. Sebastian schälte die harten Kürbisse, die Hugo für seine beliebte Kürbissuppe benötigte und deckte den Tisch im Garten ein. Für seine Salatsoße benutzte er Zitronensaft, statt Essig, fügte eine Messerspitze

Senf hinzu und überstreute den Salat mit gerösteten Pinienkernen. Das eigentliche Kochen war Hugos Aufgabe.

Gegen achtzehn Uhr dreißig hörte man das Röhren von Silkes Porsche, Türenschlagen und das schnelle Klackern von hochhackigen Schuhen auf dem Gehweg. Sie war zu spät, wie immer, durch das lange Warmhalten war die die Kürbissuppe schon etwas eingedickt, sie umarmte die beiden Köche und eilte ins Bad. Mit Bluse und Shorts bekleidet, kehrte sie an den Gartentisch zurück und ließ sich erleichtert auf einen Stuhl gleiten: „Das war heute wieder so ein nerviger Tag! Die Steuergeräte aus der Schweiz liegen beim Zoll und konnten nicht eingebaut werden. Nach den jüngsten Tarifabschlüssen müssen wir unsere Löhne und Gehälter anheben, obwohl die Ertragslage unbefriedigend ist, die Grippewelle hat den Krankenstand auf fünfzehn Prozent ansteigen lassen, wir können nicht alle Liefertermine einhalten, und ich habe den Geburtstag meiner Sekretärin vergessen."

Sebastian erzählte von den Schwierigkeiten, die er hatte, in Karlsruhe ein Studentenzimmer zu finden. Bei manchen Angeboten waren neben einer hohen Miete auch noch Nebenpflichten zu erledigen, wie Rasenmähen, Einkäufe und Schneebeseitigung.

Hugo litt seit einiger Zeit unter Herzbeschwerden und berichtete von seinem Arztbesuch: „Schon die Ausstattung der Praxis machte mich stutzig, Designermöbel, Klimaanlage, eine Wand war durch einen Wasserfall verziert, und drei ausgesucht hübsche Damen saßen im Empfangsbereich und servierten Tee und Gebäck. Es drängt sich die Frage auf, ob das alles für eine Diagnose erforderlich ist. Im Arztzimmer waren aufwendige Geräte zu bestaunen, die sich alle irgendwie amortisieren müssen. Nach einer Auswertung der Messwerte und einer Zweiminutenuntersuchung verkündete der Herr Doktor seine Diagnose: Herzklappenfehler, ich empfehle eine baldige Operation. Ich werde Sie gleich anmelden, dann verkürzt sich die Wartezeit."

"Musst Du Dich wirklich operieren lassen?", fragte Silke besorgt.

„Ich habe mir Bedenkzeit ausgebeten und einen Kardiologen aufgesucht. Seine Diagnose lautete: Leichte Undichtigkeit der Klappe, diese kann mit blutverdünnenden Medikamenten behandelt werden, eine OP sei völlig entbehrlich, eher kontraproduktiv. Ich hatte den Eindruck, hier hat ein Arzt eine *fragwürdige Diagnose aufgestellt, nur um sich eine Zuweisungsprovision zu verdienen.* Diese Vermutung habe ich in Presseberichten bestätigt gefunden, Deutschland ist

Weltmeister bei überflüssigen Operationen. Ich finde diese Form der Bestechlichkeit besonders verwerflich, weil man sie bei Ärzten nicht vermutet, da sich der ärztliche Ehrenkodex an den Eid des Hippokrates anlehnt."

„Wir sehen, Schurken tragen nicht immer den dunkelblauen Nadelstreifenanzug der Wirtschaftsbosse, sondern gelegentlich auch einen weißen Kittel", spöttelte Sebastian, dessen Salat von allen Seiten gelobt wurde. Die Kürbissuppe wurde von Hugo serviert, jeder Teller war mit einem anderen Bild aus Balsamico Essig auf die Suppe bemalt. Das Dessert bestand aus Walnusseis mit Erdbeeren und einem Schuss Eierlikör. Silke genoss das von den Männern zubereitete Mal und ihren Feierabend, sie lehnte sich entspannt zurück und fragte: „Könnt Ihr Euch vorstellen meinen Bruder Boris zu einem Besuch in unser Haus einzuladen? Ich habe erfahren, dass es ihm seelisch und körperlich nicht gut geht. Ich wollte diese Gelegenheit nutzen, einige entschuldigende Worte zu finden für meine Initiative, die damals seinen Fall eingeleitet hat. Ich habe mir die Details nicht ausgedacht, sie müssen aber von ihm als hinterhältig empfunden worden sein."

Hugo goss sich einen Cognac ein, nickte langsam und antwortete: „Ich begrüße Deine Idee, die eine Entkrampfung der angespannten geschwisterlichen Beziehungen fördern kann, auch wenn er nicht zu den Menschen zählt, die ich gern um mich haben möchte."

Silke lud Boris zu ihrem achtundfünfzigsten Geburtstag ein, den sie nur im Kreise der Familie feiern wollte. Boris, der recht einsam in seinem Bungalow lebte und immer öfter unter Magenkrämpfen litt, hegte zwar einen tiefen Groll gegen seine Schwester, aber er fand Gefallen an dem Gedanken eingeladen zu sein und war neugierig auf seinen Neffen Sebastian, der etwa das gleiche Alter hatte, wie sein Sohn Jörg. Bei der Auswahl seiner Geschenke war er nie besonders ideenreich, wie viele Egoisten. Zur Geburtstagsfeier hatte er eine Flasche Champagner mitgebracht und einen Blumenstrauß. Er reichte seiner Schwester die Hand, blickte sie neugierig an und setzte sich neben seinen Neffen an den Tisch. Hugo hielt die Laudatio für die Jubilarin und Sebastian trug ein selbstverfasstes Gedicht vor. Silke brachte das Gespräch bald auf ihre Firmenübernahme, die nun schon über zwanzig Jahre zurück lag, und ihr fast so weit entfernt schien, wie die Märchen aus Kindertagen:
„Ja, ich gebe zu, dass ich damals ganz versessen darauf war die Firma zurückzuhaben, auch weil ich Vater imponieren wollte, für den ich ja schon gestorben war. Ich habe Joachim gebeten

mir dabei behilflich zu sein. Mit welchen tückischen Mitteln diese Finanzhaie arbeiten, wusste ich nicht und billige sie auch nicht. Ich bedaure diese Spirale von Hinterhältigkeiten ausgelöst zu haben, aber ich habe sie nicht inszeniert."

„Ich habe erst viel später begriffen, dass Herr Kowalsky meinen Sturz eingeleitet hat", sagte Boris und lehnte sich zufrieden zurück, denn es klang wie eine Entschuldigung von Silke, „heute muss ich zugeben, dass ich eigentlich nur *die Rechnung für meine, gierige Handlungsweise erhalten habe*, die irgendwann, auch ohne Herrn Kowalsky, fällig geworden wäre. Es freut mich, dass Du mir Deinen Standpunkt dargelegt hast, das wird sicherlich zum Abbau meines Grolls beitragen."

Sebastian kannte seinen Onkel kaum, allenfalls aus den meist negativen Beschreibungen seiner Mutter. Diese von Einsicht getragenen Worte hatte er nicht erwartet: „Gibt es Entscheidungen, die Du heute anders treffen würdest?"

„Ich bedaure eine Reihe meiner Entscheidungen heute, insbesondere belastet mich der Freitod von Herrn Tucher. Damals war ich besessen darauf meinen Vater zu übertrumpfen und schrie nach der Aufmerksamkeit meiner Mutter. Wahrscheinlich konnte ich mich damals nicht anders verhalten, selbst wenn ich die Entwicklung hätte voraussehen können.

Unsere Möglichkeiten, eine freie Wahl zu treffen, sind sehr begrenzt, möglicherweise gar nicht vorhanden."

„Das sehe ich anders", griff Hugo beherzt in die Diskussion ein, „wir alle haben Eigenschaften, die wir uns nicht aussuchen konnten, aber wir verfügen über die Fähigkeit an unseren negativen Charaktermerkmalen zu arbeiten und Gier, Neid, Rache, Eifersucht in uns abzubauen. Das muss besonders für Führungskräfte gelten, die Verantwortung für andere tragen."

„Oft werden gerade die Menschen, die ihre negativen Eigenschaften kultivieren, statt sie zu bekämpfen, mit Führungsaufgaben betraut, denn Gier und Hass sind starke Antriebskräfte und können herausragende Leistungen bewirken."

In Silkes Brust glühte auch einst die Gier, die sie überwinden konnte, sie teilte die Ansicht ihres Bruders nicht: „Der Krieg bewirkt technische Spitzenleistungen, ohne die Menschheit glücklicher zu machen, denn *sie strebt nach Glück und Erfüllung, weniger nach Leistung.*"

„Onkel Boris, Du hast ein gewaltiges Firmenimperium aufgebaut und meinen Großvater überflügelt und damit Dein Ziel erreicht, hast Du dabei Glück und Erfüllung gefunden?"

Dem mit Onkel Angesprochenen tat es gut, dass er von einem jungen Menschen nicht verachtet und abgelehnt wurde wie von

seinem Sohn. Er zögerte eine Weile bevor er antworten konnte: „Die erfolgreiche Platzierung meiner Firma an der Börse hat mir für kurze Zeit eine gewisse Befriedigung und auch ein wenig Stolz geschenkt, aber die Gier schreit nach mehr und lässt Glücksgefühle bald verblassen. Hüte Dich vor der Gier und überlasse dem Hass nie den Thron Deiner Empfindungen, lieber Sebastian."
Als sich Boris verabschiedete, hatte er nicht mehr das beklemmende Gefühl von allen verlassen worden zu sein, und er drückte seiner Schwester einen zaghaften Kuss auf die Wange.

In den Weihnachtsferien hatte Silke ihren Sohn zu einem kurzen Skiurlaub eingeladen und ein Hotel in Lech am Vorarlberg gebucht. Hugo war durch seine Vernissage voll in Anspruch genommen und konnte nicht mitfahren. Das Hotel war weitgehend ausgebucht und daher mussten Mutter und Sohn ein gemeinsames Zimmer beziehen. Sebastian hatte mehr Ähnlichkeit mit seinem Vater als mit seiner Mutter, daher gewannen einige Hotelgäste den Eindruck, die reife Lady hat sich einen jungen Lover geangelt und gafften das ungleiche Paar mit neugierigen Blicken an. Der Schnee war gut und der Himmel blau, Silke gab auf Skiern eine gute Figur ab und

Sebastian musste sich anstrengen, um mithalten zu können. Zum Après-Ski versammelte man sich im Gasthof Tenne zu einem Glühwein. An der Eisbar herrschte ausgelassene Stimmung, als Silke eine vertraute Stimme vernahm, die der Kellnerin schelmische Bemerkungen zurief, die Stimme von Joachim. Er entdeckte seine Ex-Freundin und eilte mit seinem Glas auf sie zu: „So eine Überraschung, wie geht es denn, ich hoffe, Dein Laden brummt noch. Du hast Dir einen hübschen Freund ausgesucht."

„Ich möchte Dir meinen Sohn Sebastian vorstellen", korrigierte sie ungehalten.

„Ei, wie die Zeit vergeht, wie ist sie denn so als Mutter?", fragte er Sebastian, mit spitzbübischem Blick. Sein Smartphone machte sich bemerkbar, er tippte darauf herum bevor er es wieder in die Skihose zurücksteckte und eine Flasche Champagner bestellte: „Unser Wiedersehen müssen wir feiern. Gefällt es Euch hier auf diesen überfüllten Pisten? Wenn Du etwas Besonderes willst, dann komme mit in die Rocky Mountains zum Helikopterski, da lässt Du Dich am Gipfel absetzen und kannst auf jungfräulichen Abfahrten herunterwedeln, das ist geil."

„Ich möchte nicht die letzten Gämsen erschrecken und habe auch kein Geld dafür."

„Du bist eingeladen, wenn wir zusammen sind, mein Privatjet kann starten wann immer es Dir passt. Du kannst ihn auch steuern, das ist anders als Drachensegeln."

„Ich habe andere Sorgen, die Schlegel-Hydraulik GmbH musste eine Lohnerhöhung verkraften und meine Sozialleistungen schmälern den Gewinn. Ich habe Steuergeräte für eine halbe Million in der Schweiz bestellt, Lieferung in einem halben Jahr, Bezahlung in Schweizer Franken. Ich fürchte, der schwächelnde Euro wird meine Kalkulation über den Haufen werfen und ich kann keinen Bonus an meine Mitarbeiter auszahlen."

Joachim rückte näher an sie heran, legte seine Hand auf ihren Schenkel und sagte leise: „Ich kenne einen einfachen Weg Deine Firma zu sanieren und jedem Deiner Mitarbeiter zu einem funkelnagelneuen Golf als Bonus zu verhelfen. Du kaufst für hundert Millionen Schweizer Franken ein! Wenn der Staatssekretär oder gut unterrichtete Kreise verkünden, die Schweiz werde an der festen Priorität zum Euro festhalten, dann kannst Du sicher sein, dass hier gezielte Desinformation verbreitet wird und es zu einer Freigabe kommen wird."

Sie schob seine Hand zu Seite: „Über so viel Geld kann ich nicht verfügen und ich möchte mich an Währungsspekulationen nicht beteiligen."

„Du musst das Geld nicht haben, du musst nur die Transaktion zeichnen. Der Schweizer Franken muss aufgewertet werden, unser Fonds arbeitet intensiv daran, die Schweiz kann diese Flut von Euros nicht verkraften und wird die feste Parität zum Euro aufgeben müssen. Du würdest mir sogar einen Gefallen damit tun, denn es unterstützt unsere Aktion, und du würdest fünfzehn Millionen verdienen, damit kannst Du Deine Steuergeräte aus Deiner Schweizer Portokasse zahlen, denke einmal darüber nach."

Silke fühlte sich an alte, unselige Zeiten erinnert, die sie nicht mehr aufleben lassen wollte und bekam eine Gänsehaut. Die Eingeladene nippte höflich an dem bestellten Champagner und verabschiedete sich eilig, als sei sie ein Rudel Wölfe hinter ihr her. Auf dem Weg zum Zimmer bemerkte Sebastian: „Joachim mag überheblich sein, aber er sieht nicht bösartig aus und verehrt Dich noch immer. Kann man mit solchen Transaktionen tatsächlich so viel Geld verdienen?"

„Ich bin sicher, dass er mit seiner Spekulation viel Geld machen wird. Das Wort, verdienen, scheint mir nicht angebracht, die Bezeichnung, erpressen, wäre treffender. Leider verfügen Fonds und Banken über eine *Fülle von unkontrollierter Macht*, die geradezu zum Missbrauch einlädt und zulasten der Redlichen geht."

Nach ihrer Rückkehr berichtete Silke von dem überraschenden Treffen mit Joachim und seinem Vorschlag hundert Millionen Franken zu kaufen. Sie konnte es sich nicht verkneifen, von seinem Angebot zum Helikopterski mit anschließendem, gemütlichem Beisammensein zu berichten. Hugo schmunzelte: „Und, lockt Dich dieses Angebot?"

„Einer Frau in meinem Alter schmeichelt es, wenn ein jüngerer Mann sie begehrt. Ich war seit über zwanzig Jahren nur mit dir zusammen, ob das überhaupt noch funktioniert mit einem fremden Mann? Der Gedanke mit Joachim schlafen zu müssen, lässt mich erschauern, ich hätte das Gefühl mich mit einer Python zu paaren."

„Die Umschlingung der Python kann töten, genau wie Devisenspekulationen. Sie sind hoch riskant und verwerflich, wenn die erwartete Aufwertung nicht kommt, oder erst in zwei Jahren, dann wärst Du ruiniert. Wenn sie kommt, müssen andere für Deinen Gewinn bezahlen, beides erscheint mir nicht anstrebenswert. Und, Du müsstest Dich mit dieser Python paaren!"

Silke lehnte ihren Kopf an seine Schulter und legte die Hand auf seine Brust: „Ich will nur Dich und die Python macht mir Angst. Mit einem Privatjet in die Rocky Mountains zu fliegen, nur um dort Helikopterski zu betreiben, und die unberührte Natur niederzuwalzen, erscheint mir pervers, aber typisch diese Finanzritter."

„Das ist der Tragödie zweiter Teil, das so leicht erbeutete Geld wird verschleudert und hinterlässt mit dicken Autos, aufwendiger Garderobe und Hotels mit sieben Sternen einen kräftigen Fußabdruck auf unserer Erde. Das den *Schurken überlassene Geld führt nicht nur zur Verelendung breiter Schichten der Bevölkerung, es schädigt auch unsere Umwelt.*"

Silke schenkte Wein nach, nestelte an seinem Hemd herum und fragte spielerisch: „Es gab eine Zeit in meinem Leben, da habe ich mit Leidenschaft Geld verschleudert, und mein tiefer Fußabdruck hat mich wenig interessiert. Wenn Du Regierungsverantwortung hättest, was würdest Du ändern?"

„Ich fürchte Politiker können weniger bewirken, als wir uns vorstellen, sie wollen wiedergewählt werden und machen faule Kompromisse. Die Musik wird von der Finanzwelt gespielt, die Politik kann allenfalls einen zaghaften Trommelwirbel erzeugen. Ich würde versuchen *eine Obergrenze für Einkommen in Europa einzuführen* und eine Pflicht zur Offenlegung aller Einkünfte."

„Dafür wirst du in Deutschland keine Mehrheit finden und europaweit erst recht nicht. Die Kräfte, die ihr Einkommen verstecken möchten, werden all ihren Einfluss über ihre Lobby und die Medien einsetzen, um solch ein Gesetz zu Fall zu bringen, ich hätte es damals auch abgelehnt."

Hugo nickte mit dem Kopf und kostete von dem frisch eingeschenkten Wein: „Zunächst gilt es unermüdlich das *Bewusstsein der Menschen zu erweitern* und die Zusammenhänge aufzudecken. Der Wähler und Konsument kann nicht gestalten, aber er hat wenigstens die Möglichkeit sich zu verweigern, er jettet nicht nach Hongkong, um billig einzukaufen, er kauft kein Fleisch aus Massentierhaltung, er legt sich nicht jedes Jahr die neueste Sommerkollektion zu, auch wenn er mit allen Tricks der Werbung dazu gedrängt wird, und er wählt keinen korrupten Politiker, der vollmundig Einkommensverbesserungen nur für seine Wählergruppe verspricht. Nur auf diese Weise *kann der konsequente Konsument Einfluss nehmen!*"

„Das klingt mutlos, hast Du Dein Ziel aufgegeben, die Welt an jedem Tag ein klein wenig besser zu machen?"

„Das Ziel verfolge ich unablässig, ich weiß jedoch, dass es eine nur gute Welt nicht geben kann, da unsere Welt polar aufgebaut ist. Warm kann nur empfunden werden, wenn es auch kalt gibt, schwarz können wir nur erkennen, wenn auch weiß vorhanden ist, eine schöne Frau wirkt nur, wenn es auch

Hässliche gibt und gut ist zwingend mit böse verknüpft. Auch kann etwas, das ich als gut und erstrebenswert erachte, sich später als schlecht und verachtungswürdig erweisen."

„Willst du damit sagen, die Python ist zwar ein gefährliches Wesen, aber sie ist in unserer Welt notwendig und daher eigentlich liebenswert?"

„Ich billige die Handlungsweise weder von Joachim noch von Boris. Dadurch sind sie jedoch nicht automatisch Mächte der Finsternis und schlechte Menschen. *In jedem von uns steckt Gut und Böse, auch in Dir und mir.* Einen nur guten Helden gibt es allein in schlechten amerikanischen Westernfilmen."

Silke schwelgte in Erinnerungen an ihre Reisen, zog die Luft ein, als würde sie Räucherstäbchen riechen, sie hockte sich im Schneidersitz auf den Boden, hob beide Arme: "In Indien wird Shiva verehrt, die höchste Gottheit der Hindus. Shiva wird oft mit vier oder sechs Armen dargestellt und verkörpert gleichzeitig die Schöpfung und Bewahrung als auch die Zerstörung. Ich finde diese Vorstellung recht treffend für das Wesen der Menschheit."

Hugo setzte sich zu ihr auf den Boden, machte sich mit zwei Fingern Hörner und zog einen Fuß nach: "Im Mittelalter verbrannten unsere christlichen Vorfahren Menschen, von denen sie vermuteten, sie seien vom Teufel besessen und glaubten ihn auf diese Weise besiegen zu können. Mein Vater war der Überzeugung, *Gott und der Teufel sind eine und dieselbe Person.* Mir gefällt dieses Bild, und ich strebe danach, den göttlichen Funken in mir leuchten zu lassen, aber das gelingt nicht immer."

Es trat eine längere Gesprächspause ein und beide kehrten in ihre Sessel zurück, dann berichtete Hugo von seiner Vernissage, die ihm einige neue Kontakte bescherte, aber wirtschaftlich ein Misserfolg war. Er hatte auch einige von Silkes Werken ausgestellt, konnte aber keins verkaufen.

An einem kalten Januartag saß Silke vor dem offenen Kamin und blätterte in der Zeitung. Hugo beschäftigte sich mit seiner Buchhaltung und Sebastian war an seinen Studienplatz nach Karlsruhe zurückgekehrt. Sie durchblätterte eine Reihe von Notizen, aber zwei Berichte bannten plötzlich ihre Aufmerksamkeit und entlockten ihr einen Schrei, der Hugo herbeieilen ließ: „Die feste Parität zwischen dem Schweizer Franken und dem Euro wurde freigegeben, daraufhin hat die Schweizer Währung eine Aufwertung von fünfzehn Prozent erfahren."

Der Auslöser für ihren Schrei war jedoch die kleine Notiz: „Der Finanzmakler, Joachim K. ist beim Drachensegeln tödlich

verunglückt. Die Staatsanwaltschaft hat Ermittlungen aufgenommen, Fremdeinwirkung wird nicht ausgeschlossen."
Silke hielt dem Herbeigeeilten wortlos die Zeitung hin, er überflog die Notiz: „Wenn ein Leben so unerwartet endet, hat das immer etwas Tragisches, und es tut mir leid."
Silke ließ die Zeitung fallen, dabei kippte ihr Weinglas um, und es zersprang. Der Rotwein ergoss sich auf den Tisch und tropfte auf den Boden, es erweckte den Eindruck, als würde der Tisch bluten: „Sein Tod hat für mich nichts Tragisches, eher etwas Befreiendes, aber Joachim war *ein Meilenstein* in meinem wechselhaften Leben."
„Willst du zu seiner Beerdigung gehen?"
„Im Prinzip schon, aber ich kenne keinen Termin und niemand hat mich eingeladen."
Silke schenkte sich einen Cognac ein und schwenkte hilflos ihr Gas von einer Hand in die andere. Sie schien einen imaginären Fleck an der Wand zu fixieren. Hugo fegte die Scherben weg und erklärte sich bereit die Einzelheiten für die Beerdigung herauszufinden: „Wollen wir einen kleinen Spaziergang machen?"
Sie warf sich mechanisch eine Jacke über und trottete munter erzählend an seiner Seite, als müsse sie sich die Etappen ihres Lebens ins Gedächtnis rufen und ihre Vergangenheit

aufarbeiten. Ihren finanziellen Niedergang, die Missachtung durch die eigene Familie, der Verlust von sogenannten Freundschaften und ihre Selbstzweifel wurden dabei sehr selbstkritisch beschrieben. Sie erinnerte sich an die magische Kraft, von der sie angezogen wurde bei Joachims Aktivitäten, das Eintauchen in seine Glitzerwelt, die Möglichkeit plötzlich über viel eigenes Geld zu verfügen und sich von ihrem alternden Ehemann lösen zu können. Sie berichtete auch Einzelheiten aus dem Zusammenleben mit Joachim, die Hugo noch nicht kannte, aber auch von ihrer zunehmenden Abneigung gegen diese wallende Scheinwelt und von der Faszination, welche die einfache Welt ihres neuen Partners darstellte, die ihre eigene Wandlung einleitete. Dann machte Silke einen Sprung in die Gegenwart:

„Für meine Steuergeräte aus der Schweiz muss ich nach der Aufwertung siebzigtausend Euro mehr bezahlen, die meinen bescheidenen Gewinn in einen Verlust verwandeln."

„Du bist nicht die Einzige, die für den Profit der Währungsspekulanten bezahlen muss. Die Schweizer Händler im grenznahen Gebiet können ihre Läden dichtmachen, denn die Schweizer Konsumenten werden ihren Bedarf in Deutschland oder Frankreich decken."

„Ich werde meine Steuergeräte künftig in Japan kaufen müssen, da die Schweizer Geräte zu teuer geworden sind."
Hugo hakte sich bei ihr ein, als wolle er sie stützen: „So wie Du, werden viele Kunden entscheiden und der Schweizer Export wird einbrechen. Die herbeispekulierte Wechselkursänderung führt zu Verschiebungen, die Gewinner und Verlierer hervorbringt. Ein Verlierer, der sich um sein liebstes Kind, sein Geld, betrogen fühlt und vor nichts zurückschreckt, kann auch einen Drachensegler zum Absturz bringen."

Joachim sollte am Stadtrand von Frankfurt beerdigt werden, Silke schlüpfte in ihr schwarzes Kostüm und fuhr mit dem Auto zur Beerdigung. In der kleinen Kapelle stand ein Redner neben dem Sarg, der mit der Aufschrift Schurke in neongelber Farbe besprüht war. Der Redner versuchte mit den wenigen Blumen das Geschmiere zu verdecken. Im Hintergrund erklang Musik von Händel über einen Lautsprecher. Der Redner gab einen kurzen Überblick zu Joachims Lebensstationen, sprach über den Tod, insbesondere über das gewaltsame Ende eines Lebens. Als das kümmerliche Kapellenglöckchen zu läuten begann, wurde der Sarg von vier Friedhofsdienern auf eine Lafette gehoben und an die Grabstelle gerollt.

Neben den Sargträgern und dem Redner liefen ein Vertreter der Bank und eine schlicht und hilflos wirkende Frau, vielleicht die derzeitige Bewohnerin seiner Frankfurter Wohnung. In einigem Abstand folgte ein Mann im beigefarbenen Mantel, er wirkte wie ein Kommissar der Polizei.

Leichtes Schneetreiben setzte ein, und die Fußabdrücke hinterließen matschige Flecken auf dem Weg. An der Grabstelle wurde der Sarg von der Lafette gehoben und an zwei Seilen in das ausgehobene Loch gesenkt. Als sich die traurige Schar um das Grab versammelte, leuchtete ihnen die Aufschrift Schurke entgegen. Der bereitgestellte Sand, der als letzter Gruß auf den Sarg geworfen wurde, bildete gefrorene Klumpen und das Geräusch, das beim Aufprall erzeugt wurde, erinnerte an eine Steinigung. Silke lief ein kalter Schauer über den Rücken, sie hatte sich das Ende eines so mächtigen Mannes anders vorgestellt. Noch etwas benommen, setzte sie sich in ihr Auto und trat die Heimreise an, sie wollte diesen schaurigen Ort so schnell wie möglich verlassen.

Kapitel 16
Die Nachfolge

Die Nächte wurden länger und kälter, der Atem wurde sichtbar, die Plätze und Häuser wurden mit Tannenbäumen, Lichterketten und Sternen geschmückt, das Weihnachtsfest stand vor der Tür. Silkes sechzigster Geburtstag im Februar sollte im großen Rahmen gefeiert werden und machte Vorbereitungen erforderlich. Die Zusammenstellung der Daten für den Jahresabschluss der Schlegel-Hydraulik GmbH war zeitaufwendig, erstmals konnte kein Bonus ausgezahlt werden. Die Firma musste nicht nur die Aufwertung des Schweizer Franken verkraften, sondern auch die Kosten eines Prozesses in den USA aus Produkthaftung schultern, bei dem völlig überzogene finanzielle Forderungen gestellt waren, und der mit einem teuren, außergerichtlichen Vergleich beendet wurde. Silke fühlte sich in jüngster Zeit oft überfordert, wie ein Gewichtheber, der sich zu viele Gewichte aufgelegt hat. Sie musste sich eingestehen, dass ihre Leistungsfähigkeit in den letzten Jahren Einbußen erlitten hatte. Eigentlich wollte sie sich lieber mit dem Einkaufen von Geschenken und den Festvorbereitungen beschäftigen als mit geschäftlichen Dingen, denn Sebastian hat vielbedeutend angekündigt, dass er diesmal nicht alleine zu den Feiertagen kommen wird.

Hugo regte an, in Anbetracht des Elends von vielen Flüchtlingen, die nach Deutschland strömten, eine Flüchtlingsfamilie zur privaten Weihnachtsfeier einzuladen, auch das wollte organisiert sein. Er fuhr täglich nach Stuttgart, um an der Gestaltung seines Bühnenbilds für eine Opernpremiere zu arbeiten und, die sich laufend ändernden Wünsche des Regisseurs, einfließen zu lassen. Die Tage waren von einer besinnlichen Vorfreude auf das Weihnachtsfest geprägt, aber auch von Hektik.

Ein koreanischer Großkonzern, der einen Fuß auf den deutschen Markt setzen wollte, zeigte Interesse am Kauf der Schlegel-Hydraulik GmbH und hat ein verlockendes Angebot unterbreitet. Dadurch wurde Silke zu Überlegungen animiert, wie sich ihre Nachfolge regeln lassen könnte. Sie wollte sich schrittweise aus der Geschäftsführung zurückziehen und sich mehr der Malerei zuwenden. Die müde Chefin hatte eine Abneigung einen Geschäftsführer einzusetzen, und ihr Sohn war noch sehr jung und interessierte sich mehr für die Forschung, weniger für eine Firmenführung. Sie wollte ihre Firma nicht noch einmal zum Spielball für Finanzhaie machen, sondern sie im Familien- und Mitarbeiterbesitz behalten und ihre sozialen Projekte nicht den Rationalisierungsexperimenten von Großkonzernen opfern. Sie selbst lebte jetzt sehr bescheiden, was sollte sie dann mit den vielen Millionen Euros aus einem Verkauf anfangen, die auf absehbare Zeit keine Zinsen tragen würden. Es gab auch die Möglichkeit die Firma in eine Stiftung zu überführen, die in der Satzung zur Fortführung ihrer Projekte verpflichtet werden könnte. Während sie das Zimmer für Sebastian herrichtete, gingen ihr diese Gedanken durch den Kopf, ohne dass sie einer Lösung näherkam. Die fürsorgliche Mutter überlegte, ob sie ein Gästebett in Sebastians Zimmer stellen sollte, oder ein getrenntes Bett im Gästezimmer herrichten sollte.

„Sei nicht spießig", dachte sie und schob beide Betten nebeneinander. Sie musste sich langsam an den Gedanken gewöhnen, dass ihr Sohn kein Kind mehr unter den mütterlichen Fittichen war und das warme Nest verlassen hatte, um sich ein eigenes zu bauen.

Am Sonntag vor Weihnachten fuhr ein klappriger VW Polo vor, der durch einen defekten Auspuff auf sich aufmerksam machte. Ihm entstieg neben Sebastian, eine schlanke Frau mit langen blonden Haaren. Beide griffen sich ihre Reisetaschen und gingen beschwingt, Hand in Hand, auf das Atelier zu. Silke lief ihnen entgegen.

„Mama, ich möchte Dich mit meiner Andrea bekanntmachen", rief Sebastian stolz, als hätte er die schöne Helena erobert *und* den Krieg von Troja gewonnen, und umarmte seine Mutter.

„Willkommen Andrea, ich heiße Silke und möchte Dich mit du anreden. Um die Weihnachtszeit staut es noch öfter als sonst, hattet Ihr eine gute Fahrt?"

„Gerne, an der Uni sprechen wir uns auch mit du an. Wir hatten nur einen kleinen Stau, und der Wagen hat durchgehalten", antwortete Andrea.

Während alle in Richtung Atelier gingen, plapperte der frisch Verliebte munter von seiner neuen Studentenbude, seinem Professor und seinem Forschungsprojekt, als habe sich eine Menge Berichtenswertes in ihm angestaut. Hugo hatte vier Gläser mit Sekt gefüllt und alle stießen auf eine frohe, gemeinsame Weihnachtszeit an und nahmen an dem gedeckten Tisch Platz: „Bist du auch in *Baden-Württemberg* aufgewachsen, und wie habt ihr euch kennen gelernt?"

„Ich bin in *Baden* aufgewachsen", antwortete Andrea mit Nachdruck, als sei es eine Schande für eine Schwäbin gehalten zu werden, „wir sind uns beim Joggen zum ersten Mal begegnet."

„Welches Studienfach hast Du gewählt?", setzte Silke die Befragung fort.

„Meine Eltern betreiben ein kleines Handelsgeschäft, das hat mein Interesse für kaufmännische Fragen geweckt, daher habe ich das Studium der Betriebswirtschaftslehre begonnen."

„Ich habe nur einen kurzen Intensivkurs in BWL gemacht und muss mich in unserem Produktionsbetrieb seit Jahren mit diesem kaufmännischen Kram herumplagen. Eine Fachzeitschrift hat mich, man höre und staune, zur Managerin des Jahres 2015 gekürt. Ich kann vielleicht mit Menschen umgehen, aber ich habe herzlich wenig Ahnung von Betriebswirtschaft. Ich bin neugierig auf eine Begegnung zwischen Praxis und Theorie."

„Ich stelle es mir aufregend vor eine so große Firma zu führen, besonders für eine Frau, die keine Quotenfrau ist. Ich bin neugierig auf Deine Erfahrungen aus der Praxis eines Betriebs."

Die beiden Damen verstanden sich auf Anhieb und hegten eine gewisse Achtung füreinander, das fiel Hugo auf als er das Thema wechselte: „Wir haben in diesem Jahr zu unserer Weihnachtsfeier eine Flüchtlingsfamilie aus dem Irak eingeladen, Herrn Assam mit Frau und zwei Kindern. Ich habe am 24.Dezember in der Oper in Stuttgart zu tun und werde sie auf dem Rückweg von ihrer Unterkunft abholen. Die Muslime feiern Weihnachten nicht, aber für eine Integration ist das christliche Fest eine gute Gelegenheit."

Die folgenden Tage waren von den Festvorbereitungen gekennzeichnet, Sebastian hatte das Schmücken des Weihnachtbaumes übernommen, Hugo besorgte die noch fehlenden Geschenke, die beiden Damen waren in der Küche mit Plätzchenbacken beschäftigt, und Andrea brannte darauf am Nachmittag in die Firma zu fahren, um sich einen Einblick in die Betriebspraxis zu verschaffen. Sie war beeindruckt von der Größe und der technischen Ausrüstung der Schlegel-Hydraulik GmbH, die auch über gute Kontakte zum Ausland verfügte. Die Mitarbeiter machten einen hochmotivierten und unverkrampften Eindruck und hatten ein gutes Verhältnis zu der Firmenchefin.
Silke zeigte ihr die Bilanzen der letzten Jahre, die Umsatz- und Verlustrechnung, die Kosten- und Angebotskalkulation und rief bei heiklen Fragen einen ihrer Mitarbeiter hinzu. Andrea verstand es, in Windeseile, Zahlen und Graphiken aus dem Rechner zu zaubern und Silke begriff zum ersten Mal das Wesen und die Aussagekraft der Deckungsbeitragsrechnung: Nicht nur der Gewinn, sondern auch der Beitrag zur Deckung

der Fixkosten bestimmt die Qualität einer Sparte. Dann erzählte sie von den besonderen Belastungen dieses Jahres und den Verlusten durch die Frankenaufwertung.

„Man kann für Geschäfte in fremder Währung auch eine Kursabsicherung durch die Bank vornehmen", erklärte Andrea, „dann kannst Du sicherer kalkulieren und erleidest keinen Verlust bei einer Aufwertung."

Silke war beeindruckt von den Fachkenntnissen und der schnellen Auffassungsgabe ihres Gastes und dachte: „Die Freundin meines Sohnes hat das Zeug, in einigen Jahren eine Führungsrolle zu übernehmen."

Am Nachmittag des Heiligen Abends fuhr Hugos Wagen mit der Flüchtlingsfamilie vor. Man machte sich gegenseitig bekannt, eine Verständigung war in einem holprigen Deutsch, ersatzweise in Englisch, möglich. Zum Empfang hatte Silke Sekt, aber auch Säfte und Tee bereitgestellt. Achmed, das Familienoberhaupt, griff sich ein Glas Sekt mit der Bemerkung: „Wir nicht nehmen so genau mit Religion", und seine Frau, Myriam, schob ihr Kopftuch etwas zurück und schloss sich ihm an.

Als es dunkel wurde, zündete Sebastian die Weihnachtsbaumkerzen an, und aus der Stereoanlage erklang leises Glockenleuten. Unter dem Weihnachtsbaum waren die verpackten Geschenke ausgelegt, getrennt für jede Person, auch für die Gastfamilie. Hugo spielte auf seinem Akkordeon das Weihnachtslied: Am Weihnachtsbaume die Lichter brennen, das er mit Bedacht ausgewählt hatte. Es beschreibt den Weihnachtsbaum und nicht die Geburt Christi. Moslems dürfen nur Allah dienen und sollen andere Gottheiten meiden. Silke las eine Weihnachtsgeschichte von Wilhelm Borchert vor. Sebastian trug ein selbst verfasstes, gesellschaftskritisches Gedicht vor. Andrea, die über eine hervorragende Sopranstimme verfügte, sang solo das Lied: Ave Maria. Nach dem gemeinsamen Singen eines weiteren Weihnachtsliedes, Achmed und Myriam summten zaghaft mit, wurden die Geschenke überreicht.

Beim Abendessen berichtete die Gastfamilie über ihr Heimatland, von ihrer Flucht und den Verhältnissen, die sie hier in Deutschland angetroffen haben. Die Kinder hielten sich ungeduldig zurück und schielten auf die Spielzeuggeschenke.

Achmed war Bauingenieur, hatte viele Brücken gebaut, die inzwischen zerstört wurden, und er kämpfte um die Anerkennung seines Diploms in Deutschland. Ihr Fluchtweg ging zu Fuß oder im Kleinbus durch die Wüste nach Libyen, dort hatten die Schlepper ein schrottreifes Schiff bereitgestellt und vollgestopft mit Flüchtlingen. Jeder musste sechstausend US Dollar für die Flucht bezahlen. Familie Assam hatte Glück, es hatte auf der Überfahrt keinen Sturm gegeben, der das überladene und seeuntüchtige Schiff zum Kentern gebracht hätte, wie zahlreiche andere Flüchtlingsschiffe. Seit Monaten saßen sie nun in ihrer Notunterkunft und warteten auf die Bearbeitung des Asylantrags, die für Mai vorgesehen war.

„Woher haben die Flüchtlinge das Geld für die Überfahrt und die Smartphones, können sich nur reiche Leute eine Flucht leisten?", fragte Sebastian ketzerisch, Andrea hielt seine Hand und schaute ihn zustimmend an.

„Gibt Ersparnisse, Rest Familie legen zusammen. Smartphone lebenswichtig für Kommunikation."

Myriam rührte hilflos in ihrem Kaffee, blickte vor sich auf den Tisch und ergänzte mit gedämpfter Stimme, als könnte ihre Bemerkung vom Geheimdienst mitgehört werden:

„Schlepperbanden, powerful international organization, wer nicht gleich bezahlen, der abarbeiten mit Lohn aus Deutschland. Sind Schurken, machen aus Elend von Flichtlinge viel Geld, Menschenleben nix wert."

„Ist die Flucht der einzige Ausweg zum Überleben für Iraker?", griff Silke in die Befragung ein.

„Granatsplitter Brust aufgerissen von Bruder", begann Achmed zu erzählen, und er musste seine Tränen unterdrücken, „er starb in meinen Armen. Ich möchten erleben nur ein Tag in meine Heimat, wie in Deutschland ist jede Tag, arbeiten, essen, Freunde treffen, ohne Verstecken und Angst, Tochter wird vergewaltigt, Frau wird erschossen, Haus wird zerbombt."

„Waren unter dem Diktator, Saddam Hussein, die Verhältnisse besser?"

„Hussein hat unterdrückt Schiiten und Kurden umgebracht, jetzt herrscht totales Chaos. Früher Amerika Traumland, Vorbild. Wo heute Amerikaner greifen ein, zerstören Infrastruktur, setzen korrupte Regierung, amerikafreundlich, ein, hinterlassen Chaos, egal ob Afghanistan, Libyen, Vietnam oder Irak."

Hugo stellte die hausgemachten Plätzchen auf den Tisch und schenkte Wein nach, er wollte dem wenig weihnachtlichen Gespräch eine friedvolle Wendung geben. Wie zur Entschuldigung bemerkte er: „Deutschland hat sich an dem Irakkrieg erfreulicher Weise nicht beteiligt, weil Zweifel an der offiziellen Rechtfertigung des Krieges aufkamen, er diene der Beseitigung einer Diktatur, die Menschenrechte verachtet und im Besitz von Massenvernichtungswaffen sei."

„Nie gefunden Massenvernichtungswaffen dort, der Westen lügen, wollen nur eigene Energieversorgung sicherstellen in Nahost. Warum Westen nicht beseitigen Diktatur in Ruanda oder Haiti? Nun, weil dort keine Bodenschätze."

Als der Kaffee gereicht wurde, durften die Kinder den Tisch verlassen und sich mit den ersehnten Spielzeugen beschäftigen. Andrea und Sebastian setzten sich zu ihnen auf den Fußboden und spielten schäkernd mit den Kindern, als seien es ihre eigenen Kinder, dabei imitierten beide die Geräusche auf Bahnhöfen und ließen die Holzeisenbahn abfahren.

In den Gesprächen kamen sich Gast und Gastgeber näher, man war sich einig, Ziel muss es sein im Nahen Osten stabile Verhältnisse zu schaffen, die keine Flucht mehr erforderlich macht. Aber in Praxis werden die Arabischen Stämme und Glaubensrichtungen sich untereinander weiter bekriegen, ähnlich wie es seit Jahrhunderten früher die Europäer getan haben. Die Waffenlieferungen und das Eingreifen der Amerikaner verschärfen die Situation. Silke wollte versuchen über ihren Rechtsberater eine beschleunigte Bearbeitung des Asylantrags zu bewirken.

In den folgenden Tagen war Silke mit Inventurarbeiten beschäftigt, Sebastian und Andrea halfen ihr dabei. Beim

Zählen des Lagerbestandes suchten beide den Schutz der Regale und nutzten jede Gelegenheit zum Austausch von Zärtlichkeiten: „Du, Drelein, kannst Du, als Badenerin, Dir vorstellen in Leonberg zu leben, hier im schwäbischen Ausland?", flüsterte er schmunzelnd und zupfte die Schleife von ihrer Schürze auf.

„Basti, Du darfst mich doch hier nicht ausziehen! Mir gefällt Leonberg, ich kann mir schon vorstellen hier zu leben", gurrte sie und drückte sich an ihn.

„Kann es sein, dass ich der Grund dafür bin, oder lockt Dich die Schlegel-Hydraulik GmbH mit ihrer liebreizenden Chefin?"

„Deine Mutter ist eine faszinierende Persönlichkeit, aber folgen will ich nur Dir, wo immer Du hingehst, selbst ins Schwabenland", kam ihre Antwort und sie küsste ihn leidenschaftlich, als wolle sie ihr Geständnis unter Beweis stellen.

„Drelein, ich bin verrückt nach Dir, ich will Dir immer nahe sein, ich brauche nur Dich, ich liebe Dich", er zog sie so heftig an sich, dass die Regale bedrohlich schwankten.

„Ich will ein Kind von Dir haben, nein lieber zwei, aber erst, wenn ich mein Studium abgeschlossen habe, und wir einige Jahre auf Probe zusammen waren und unsere Ungebundenheit ausgelebt haben."

Silke konnte die Szene von Ferne schemenhaft durch die Regale beobachten, ohne die getuschelten Laute verstehen zu können, aber die Körpersprache des jungen Paars verdeutlichte ihr recht anschaulich den Inhalt der Worte. Es bereitete ihr Freude die beiden innig verbunden zu sehen, losgelöst von der Gegenwart in eine gemeinsame Zukunft blickend. Die glückliche Firmeninhaberin war begeistert über die fachkundige und kreative Arbeitsweise von Andrea, und in ihr erblühte eine Vision über die Firmennachfolge. Sie bot ihr einen Ferienjob in der Buchhaltung an, nach dem Abschluss ihres Studiums sollte die angehende Schwiegertochter das Ressort Rechnungswesen übernehmen.

Am letzten Tag des Jahres saßen Hugo und Silke entspannt vor dem knisternden Kaminfeuer. Die Jugend war zu einer Sylvesterparty bei Freunden eingeladen. Sie hatte eine Kritik aus der Stuttgarter Zeitung ausgeschnitten, die Hugos Bühnenbild bei der Opernpremiere in lobenden Tönen würdigte und gratulierte zu seinem Erfolg.
„Ich musste Kompromisse an den Geschmack des Publikums machen und mich den Fantastereien des Regisseurs unterwerfen, meine Aussage ist nur verwässert erkennbar, ich

finde dieses Bühnenbild eher bescheiden, wie so oft, wenn es eine gute Kritik gibt. Brot geht vor Kunst, oder, wie es Bertold Brecht einmal formuliert hat, erst kommt das Fressen dann die Moral."

„Ich fand die Stimmung bei der Premiere mitreißend und Dein Bühnenbild geglückt. Ich hatte nur Angst der Tenor könnte abstürzen, da er freistehend auf der hohen Mauer singen musste."

„Nach den Wünschen des Regisseurs hätte die Mauer so hoch sein sollen, dass die Zuschauer auf den Rängen ihn nicht mehr hätten sehen können, und er wollte noch eine Windmaschine einsetzen, der Sänger wäre dann in der Rolle eines Stuntman. Das mag im Film funktionieren, in der Oper nicht!"

Silke legte einige Scheite Holz nach und brachte Mozartkugeln. Eine davon servierte sie ihm zwischen ihren Lippen, als sollte er die Verführung schmecken können: „Was hast Du für einen Eindruck von Andrea?"

„Andrea ist eine hübsche, blitzgescheite, seelisch gesunde Frau. Wäre ich jünger, würde ich sie auch erobern wollen."

Ihr Gesicht verfinsterte sich, sie setzte sich aufrecht hin und blickte ihn strafend an, als hätte er ihr eine Ohrfeige verabreicht: „War es nicht Dein Wunsch mich zu erobern?"

„Wir sind uns in einem späteren Abschnitt unseres Lebens begegnet, der uns beide schon geprägt hatte. Ich danke jeden Tag dafür, dass ich mit Dir zusammenleben darf, denn ich bin schon viele Jahre glücklich an Deiner Seite. Auch als alternder Mann kann ich mich noch an jungen Frauen erfreuen, ohne sie besitzen zu wollen. Unsere angehende Schwiegertochter hat die Anmut und Unbekümmertheit der Jugend, sie ist voll Tatendrang und hat einen offenen Blick, voller Unschuld und Neugier."
„Eine unschuldige Jungfrau wird sie nicht mehr sein, dafür hat unser Sohn gesorgt. Kannst Du Dir vorstellen, dass Andrea einmal die Leitung der Firma übernimmt?"
„Das Zeug dazu hat sie. Es fragt sich nur, ob es klug ist dem einen Ehepartner, der sich zur Forschung hingezogen fühlt, das Kapital zu geben und den anderen die Arbeit machen zu lassen."
„Ein erheblicher Teil des Kapitals liegt inzwischen in den Händen meiner Mitarbeiter. Die Geschäftsführerin müsste von ihrem Gehalt Firmenanteile erwerben, genau wie die Mitarbeiter, Sebastian könnte scheibchenweise meine Anteile übernehmen, ohne eine dominierende Position einzunehmen."
Hugo nickte zustimmend mit dem Kopf und schloss das gekippte Fenster, weil das Krachen der vorzeitig gezündeten

Feuerwerkskörper immer lauter wurde. „Ich würde mich freuen, wenn Du die Schlegel-Hydraulik GmbH in Hände legen könntest, die Dein Konzept fortführen, und ich habe das Gefühl, die jungen Leute können es packen. Die von Dir eingeführte Beteiligung der Mitarbeiter und die bescheidene Umsatzrendite hemmen den Appetit der Finanzjongleure auf dieses Unternehmen, und das ist gut so."

„Es wird auch künftig gierige und schurkische Wirtschaftsbosse, Banker und Schleußer geben, ja sogar gewinnsüchtige Ärzte, das Böse ist immer und überall dabei und wird aus unserem Leben nicht zu entfernen sein. Ich habe das Gefühl, die junge Generation wird die Gier besser in den Griff bekommen als wir."

Hugo strich ihr liebevoll über das ergraute Haar, küsste sie auf die Stirn und blickte in ihr faltig gewordenes Gesicht, als wollte er unterstreichen, was er vorher über ihr Zusammenleben gesagt hatte. Nach einer kurzen Pause stellte er die Frage: „Um die Schlegel Hydraulik GmbH ranken sich viele Schicksale, was mag aus diesen Menschen geworden sein? Joachim blieb eigentlich immer ein Kind, ein skrupelloses und ewig hungriges. Vermutlich hat sein Verhalten dazu geführt, dass bei seinem Tod nachgeholfen wurde. Günter Rossmann vertrinkt auf Mallorca das ergaunerte

Geld, muss sich mit Erpressern herumschlagen, hat sich mit seinem Sohn Jörg entzweit und fühlt sich allein wie ein alter Affe auf einem kahlen Ast. Ein glücklicher Mensch sieht anders aus. Hast Du etwas von diesem schurkischen Banker gehört?"

„Nach Einführung der strengeren Bankenaufsicht war Herr Täuscher als Filialleiter nicht mehr haltbar, nomen est omen, und wurde entlassen. Mehrere Kunden haben ihn auf Schadensersatz verklagt. Von seinem ergaunerten Vermögen sind nur noch Schulden übrig geblieben. Seine Frau und seine Kinder haben ihn verlassen."

„Wilhelms heimliche Tochter Sonja und die Mutter haben ihm Freude bereitet, ich glaube mehr als seine ehelichen Kinder. Wie siehst Du rückblickend Deinen Vater?"

„Wilhelm war ein engagierter und im Gegensatz zu Boris, auch ein aufrichtiger Geschäftsmann. Seine starke Hinwendung im Alter zu Sebastian hat mich gerührt, aber keine zärtlichen Gefühle ausgelöst, eher Mitleid. Er hat für uns immer gesorgt, hat sich aber nie wirklich für uns interessiert. Ich habe mich nicht geliebt gefühlt auch nicht von meiner Mutter. Ich habe mich innerlich mit ihm ausgesöhnt, obwohl er als Vater nicht die Idealbesetzung war."

„Boris hat ein Magenleiden, lebt sehr einsam und hat niemanden, der mit ihm das Kopfkissen teilt. Als er Weihnachten hier war, wirkte er auf mich wie abgestorben, wie ein Mensch, der sich von dieser Welt schon verabschiedet hatte. Er fühlte sich von seinen Eltern nicht geliebt und dürstete nach der väterlichen Anerkennung, die der arme Tropf nie erhalten hat. Diese Anerkennung hat Wilhelm seiner Tochter Sonja gegeben, hast Du noch Kontakt zu ihr?"
„Wir telefonieren gelegentlich miteinander. Sie lebt mit einem Partner aus dem Medizinbereich zusammen, hat keine Kinder, arbeitet mit Engagement und Freude und wirkt auf mich recht glücklich."

Hugo ging in die Küche, um den kaltgestellten Champagner zu holen, die letzte Stunde des Jahres war angebrochen: „Ich bin ein Konsummuffel, brühe meinen Kaffee noch ohne Kaffeemaschine, habe kein Smartphone und schalte mein Handy nur ein, wenn *ich* telefonieren will. Ich habe Mitleid mit den jungen Leuten, die unaufhörlich an ihren Smartphones fummeln müssen und mit Ohrstöpseln durch die Welt stolpern. Ein positiver Effekt ist dabei jedoch nicht zu übersehen, sie sind schneller und umfassender informiert als wir es waren. Der Arabische Frühling wäre ohne Informationstechnik nicht möglich gewesen. Mit Freude beobachte ich einen wachsenden Markt für Fair Trade- und Ökoprodukte, Eier aus Legebatterien werden zu Ladenhütern, der Verbraucher kann etwas bewegen!"

Während er seine Eindrücke formulierte, öffnete Silke die Champagnerflasche und schenkte ein. Von draußen war Glockengeläute und das Krachen des Sylvesterfeuerwerks zu hören: „Unsere Hoffnung liegt in einem anhaltenden Frieden, einer moralisch verantwortlich handelnden Jugend und einem aufgeklärten Verbraucher. Mögen unsere Liebe und gegenseitige Wertschätzung erhalten bleiben, und möge sich unser Schicksal im Alter sanft verhalten. Mein geliebter Hugo, lass uns auf ein glückliches, neues Jahr anstoßen!"

Herstellung und Verlag:
BoD - Books on Demand, Norderstedt
ISBN 978-3-7431-5962-4